KB097328

미들맨즈 러브 1

| 일러두기 |

* 외국 인명, 지명 등은 관용적인 표기를 따랐다.

* 관용구, 속어 등은 이야기의 분위기와 캐릭터의 성격에 따라 그대로 살리거나 국내 정서에 맞게 의역했다.

* 본문의 주는 옮긴이 주다.

차례

여러분의 모든 일상에 웃는 일만 가득하길 바라며

항상 사람들의 중간 다리 역할만 해오던 누군가가 어느 날 주인공의 자리에 서게 된다면?

어떻게 생각하시나요?

새 소설을 구상하기 시작했을 때 제 머릿속에 떠오른 첫 번째 질문이었습니다. 그리고 그 발상이 『The Middleman's Love』라는 이 소설의 제목이 되었습니다.

우리의 주인공은 특별한 외모를 가진 것도 아니고, 특출한 능력을 가진 것도 아닌 평범한 남자로, 그가 친하게 지내는 친구들과는 확연히 대조되는 인물입니다. 이렇다 보니 사람들은 그를 자신들의 목적을 이루기 위한 다리나 통로쯤으로 여겼습니다. 그는 이런 일이 너무나 비일비재하게 일어났기 때문에 마지못해 받아들이게 되었습니다. 그리고 동시에 마음에 높은 벽을 쌓았습니다. 이야기는 그가 마음에 쌓은 벽을 부수러 온 여섯 살 어린 인턴을 맞이하면서 시작됩니다.

마이는 성품이 따뜻하지만 마음만 먹는다면 언제든, 얼마큼이든 교활해질 수 있고, 10대처럼 고집스러워질 수도 있습니다. 반면 제이드는 좀 더 성숙합니다. 그는 천성이 낙천적이고 관대하며, 항상 주변 사람들에게 친절합니다. 그리고 이런 그의 성격이 마이가 그와 사랑에 빠지도록 만듭니다.

끝까지 읽어보시면 제이드가 정말 사랑스럽다는 마이의 말에 동의하실 거예요.

이 소설은 제가 가진 능력을 의심하며 방황하는 와중에 집필되었습니다. 그리고 그 과정은 절 한층 더 성장시키고 마음속에 있던 많은 벽을 허물게 해주었습니다. 그래서 이 이야기를 쓰는 동안 항상 행복했습니다.

그런데 이렇게 많은 사람들이 이 소설을 좋아해줄 것이라고는 전혀 예상하지 못했습니다. 독자님들께서 보내주시는 많은 사랑과 응원을 보면 정말 뿌듯하고 감사해요. 이 소설에 관심을 가져주신 딥 출판사와 책에 아름다운 그림을 그려주신 @Shimotsuki04 님께 깊은 감사를 드립니다. 마지막으로, 이야기를 재미있게 즐겨주시길 바랍니다.

기대되시나요? 그럼 이제 다음 페이지를 넘기세요!

littlebbear96

01

평범한 어느 날

지금 이 순간, 나는 상당히 불편한 상황에 처해 있다.

"제이드 선배, 이 브라우니… 킹 선배에게 전해주실 수 있어요?"

최근 대학을 졸업하자마자 갓 입사한 매력적인 신입사원 민트가 얼굴을 붉히고 다가와 내게 브라우니가 담긴 큰 상자를 건넸다. 나는 그녀의 붉은 뺨이 블러셔를 너무 짙게 칠해서인지, 아니면 그저 수줍음이 많은 탓인지는 잘 모르겠지만 몹시 부담스러웠다. 설상가상으로 그 강아지 같은 눈망울을 보자니 거절하기가 더욱 어려웠다.

"제가 직접 만든 거예요. 킹 선배가 마음에 들어 하면, 언제든지 더 가져다드릴 수 있어요!"

그녀는 함께 엘리베이터로 걸어가는 내내 계속해서 활기차게 말했다.

나는 내 사무실이 있는 15층을 누른 뒤, 민트에게 바보같이 웃어 보였다.

"그래!"

"근데 킹 선배를 좋아하는 사람이 많죠? 이전에도 여자들이 선배한테 이렇게 선물 전해달라고 했을 것 같은데."

"글쎄, 딱히 그렇진 않아."

그렇지 않긴.

하루에 다섯 번씩은 이런 일을 겪어야 했다.

"꼭! 이 브라우니, 킹 선배 손에 직접 쥐여줘야 해요. 선배가 꼭 먹어주면 좋겠단 말이에요. 제이드 선배 건 따로 준비했으니까, 큰 상자에는 손대지 마세요. 선배 건 이 작은 상자예요."

"아, 고마워."

"그럼 이제 가볼게요. 부탁해요!"

엘리베이터 문이 열리자 그녀는 나에게 브라우니 상자와 커피 한 잔을 남겨두고 행복하게 걸어 나갔다.

나는 한숨을 푹 쉬고는 그녀를 따라 엘리베이터를 나왔다. 하지만 사무실로 향하는 세 걸음 만에 또 누군가 나를 부르며 다가왔다.

"제이드!"

하….

또 누군데?

"이 레몬아이스티 으아에게 전해줄 수 있어? 으아가 좋아한다며."

영업부 선배 퐁이 내 앞을 막고 서서 초록색 인어가 그려진 컵을 건넸다.

나는 습관적으로 고개를 끄덕이며 선배의 말에 집중하려고 노력했다.

"꼭 으아가 마시게 해, 알겠지?"

"네, 네."

그러겠노라 확실히 약속하고 나서야 드디어 내가 일하는 IT 부서로 갈 수 있었다.

내 자리에 도착해 가방을 내려놓고 의자에 털썩 주저앉은 나는 큰 소리로 다시 한번 한숨을 내쉬었다.

내 이름은 제이드니팟, 별명은 그냥 제이드(아마 우리 엄마는 너무 게을러서 다른 창의적인 이름을 생각하지 못했던 것 같다. 엄마가 그래도 되는 거냐고!). 스물일곱 살이고, 현재 프롬퐁에 있는 회사의 IT 부서에서 일하고 있다. 직업은 그래픽 디자이너. 다른 직장인들과 마찬가지로 월초에는 스타벅스 커피를 마시지만, 월말에는 사무실 앞 노점상에서 20바트짜리 블랙커피로 만족해야 하는 평범한 월급쟁이다.

지극히 평범한 삶과 변함없이 평범한 나. 이런 나에게 특이한 점이 있다면 그건 바로….

내가 미들맨이라는 거다.

이 말은 내가 도시 한복판에 산다는 의미가 아니다. 음… 물론 난 태국 한가운데 살고 있기는 하다. 우리 집은 논타부리에 있고, 어린 시절부터 방콕에 살았다. 어쨌든 미들맨이라는 건, 내가 어떤 상황에서든 중간에 있다는 것이다.

내가 어떻게 모든 것의 중간일 수 있냐고? 이제부터 설명해보겠다.

나는 중국계 태국 가정에서 태어난 세 남매 중 중간에 있는 둘째다. 얼굴은 그렇게 잘생기지도 않았지만, 그렇다고 나쁘지도 않은 중간이다. 나 같은 외모는 거리를 지나다니다 보면 쉽게 찾을 수 있을 만큼 흔하다. 성적도 그냥 그랬다. 운동 실력도 마찬가지다. 훌륭하진 않지만, 그렇게 몸치도 아니다. 학교를 졸업하고 벌써 몇 년째 일을 하고 있지만, 직위 또한 중간이다.

내 인생에서 유일하게 중간에 있지 않은 것은 아마도 오르기 싫은 건지 밑바닥에 찰싹 붙어 아주 강력한 관성을 보이는 낮은 기본급뿐일 것이다. 하지만 상사를 탓할 생각은 없다. 요즘 태국의 경제 상황이 끔찍하다는 건 잘 알고 있으니까. 정말로 누군가를 꼭 비난해야만 한다면, 그건 아마도 태국 정… 큼! 아니다, 못 들은 걸로 하자(내 혀는 늘 멋대로 날카로운 말을 던져서 문제다. 그렇다고 첫인상이 너무 불쾌하지는 않았으면 좋겠다).

무엇이든 적당히 할 수는 있지만 결코 최고가 되지는 못하는 내 모습을 자각할 때마다 조금 우울해지곤 한다. 부처님은 우리에게 균형 잡힌 중도의 길을 걸으라고 하셨지만, 이건 좀 너무 심하게 균형 잡힌 인생 아닌가? 난 그저 무슨 일이든 간에 한쪽 끝까지 도달해보고 싶다. 내 수준에서 그렇게 할 수 없는 저주를 받았다면, 최소한 그 모든 것을 아울러 균형을 유지할 수 있는 잘생긴 얼굴이라도 가져야 하는 거 아닌가?

하지만 안타깝게도, 전혀 아니다. 난 SNS에서 인기를 끄는 이상적인 아이돌처럼 생기지 않았다. 전형적인 중국계 태국인 남성일뿐이다.

이게 더 우울하게 들리네.

미들맨이라는 것을 다시 생각해보면, 앞서 말했듯 내 특기가 너무나 평범하다는 것이고, 반대로 나를 제외한 주변 사람들이 모두 특별하다는 것인데, 이게 행운인지 불운인지는 알 수 없다. 내 형은 잘생겼고, 모델처럼 키도 크며, 엄청나게 똑똑해서 공부도 잘했다. 그리고 여동생은 항상 남자들이 끊이지 않는 귀염둥이다. 게다가 나보다 훨씬 잘난 내 가장 친한 두 명의 친구는 말할 것도 없다. 나를 둘러싼 모든 사람들이 프리미엄급의 외모와 능력을 가지고 있다.

요약하면, 난 그저… 아주 평범한 남자다.

오해하지 마시길. 이건 질투가 나서 하는 말이 아니다. 질투해도 어차피 나아지지 않는다는 걸 잘 알고 있으니까. 평소에도 지나치게 생각하는 타입이 아니거니와 이런 처지라고 해서 비참할 정도로 우울함을 느낀 적도 없다. 그냥 내 인생이 주위의 멋진 사람들 때문에 수시로 혼란을 겪고 있다는 것뿐이다.

모든 사람들이 나를 통해 내 주위의 잘난 사람들과 가까워지고 싶어 해서 그런 것이다.

정말로, 모두가, 항상 그랬다.

나는 학교 다닐 때부터 형과 여동생을 좋아하는 아이들의 질문에 일일이 대답해줘야 했다. 게다가 후배나 선배들도 내 친구들에게 수작을 걸고 싶어 했다. 처음엔 나한테 먼저 접근해 심장이 쿵쾅거릴 정도로 관심을 보이고 챙겨주다가 결국은 내 잘난 주위 사람들에 대해 묻고, 내 손을 통해 선물을 건네줄 수 있냐고 물어봤던 경험이 수도 없이 많았다.

만약 누군가 같은 입장이었다면, 아마 이런 일에 신물이 날 정도로 질렸을 것이다.

내가 너무 다가가기 쉬운 사람이라서 그런 걸까? 그래서 다들 내 형제자매나 친구들에게 간식부터 시작해 음료수, 작은 선물, 별의별 것들을 다 전해달라고 하는 걸까?

내가 초등학생일 때부터 직장인이 된 지금까지 상황은 늘 이랬다. 가끔 너무 궁금하다. 사람들이 나를 배민라이더로 보는 건지, 아니면 요기요로 보는 건지.*

당신들, 이 물건들을 스스로 전할 수는 없는 거야?

미들맨, 다리 또는 그런 의미로 부르고 싶은 모든 것이 바로 나라고 해도 과언이 아니다. 바로 여기, 이 제이드다.

이런 이점을 이용하려고 접근하는 사람들을 대할 때면 실망스럽긴 하지만, 대신 그들의 배달원이자 정보원 역할을 하는 보상으로 감사의 선물이 굴러 들어온다는 건 썩 괜찮은 일이다. 맛있는 음식을 얻어먹고, 때로는 상품권이나 영화 할인 쿠폰도 받는다. 심지어는 놀러 나가서도 내 잘난 사람들과 어울리기 위해 그들이 나 대신 계산해준다.

음, 그 정도면 세이브되는 내 은행 계좌도 웃을 만하지.

난 그렇게 욕심이 많은 편은 아니지만, 지금의 경제 상황에서는 얻을 수 있는 만큼 챙기는 게 좋으니까.

예를 들어, 오늘 민트는 킹에게 선물을 전해달라며 나를 위한 별도의 수제 브라우니를 챙겨주었다. 반면에 퐁은 며칠

---

* 원문에서는 태국의 배달앱인 '라인맨'과 '그랩'에 빗대었다.

째 내 배달 서비스를 무료로 이용하고 있다. 선배에게는 이제 배송비를 청구해야 할 때가 된 것 같다.

이런 인생을 즐긴다고 할 수는 없지만, 싫은 것도 아니다. 이런 일을 벌써 10년 넘게 겪어왔고 이제는 어느 정도 익숙해졌다. 그나마 형과 같은 대학에서 공부하지 않은 건 행운이다. 덕분에 배달해야 할 선물이 수백 개쯤 줄었기 때문이다. 게다가 그는 이제 결혼해 아버지가 되었고, 남은 독신은 내 여동생과 가장 친한 친구들이다.

내 연애는 어떠냐고?

그런 건 없다. 이렇게 특별함이라고는 조금도 없는 평범한 남자에게 어떻게 반할 수 있겠는가. 하지만 이것도 그다지 신경 쓰는 일은 아니다. 다만 사무실에 있는 여직원들이 그렇게나 다정한 목소리로 내 이름을 부르고는 하는 말이 전부 이런 것들이라는 게 좀 슬플 뿐이다.

'이거 킹에게 전해줄 수 있어요?'

때때로 나는 그들의 그런 모순적인 용기가 싫다.

두고 봐. 매일 이렇게 공덕을 쌓아서 다음 생에는 열 권의 로맨스 소설을 합친 남주만큼 잘생긴 외모를 가지고 태어날 테니까. 그래서 하루 종일 나만 쫓아다니는 팬들에게 둘러싸여 사랑받고 말 거다.

나는 그렇게 몇 분 동안 책상에 앉아 아무것도 하지 않고 쉬다가 마침내 컴퓨터를 켰다.

그런 다음 친구들의 책상 위에다 그들에게 배달해달라는 선물을 올려놓았고, 아침으로 사 온 밥과 함께 바질볶음을 먹기 시작했다. 그사이 동료들이 하나둘 사무실에 도착해 반갑게 인사를 건넸다.

"야, 제이드! 목 안 막히게 천천히 먹어라. 네가 이 사무실 귀신이 돼버리면 내가 어떻게 야근을 하냐?"

"와, 말하는 거 진짜! 콜록! 콜록!"

너무 과민 반응을 했나 보다. 사레가 들리는 바람에 격렬한 기침이 터져 나왔다.

코가 너무 매워….

입안 가득 음식이 들어 있을 때는 아무 말도 하지 말자.

나는 식사하는 동안은 가만히 있기로 다짐했다. 다 먹고 나서 일어나 흔적을 정리했고, 쓰레기를 버리고 돌아와 보니 내 옆 책상의 주인이 이미 와 있었다.

"이건 뭐야?"

그는 수려한 외모와 달리 고저 없는 목소리로 물으며 평소와는 다른 엄격한 눈빛으로 나를 쳐다보았다.

"퐁 선배가 너한테 주래."

나는 그의 책상 위에 놓인 레몬아이스티 쪽으로 얼굴을 들이밀며 대답했다.

이 사람은 아논, 사무실의 모든 남자들이 '으아'라고 부르는, IT 부서의 동료이자 내 대학 시절의 룸메이트다. 으아는 너무 매력적인 남자인데, 그래서 내 인생을 엉망으로 만드는 주요 인물 중 하나다.

으아는 늘씬하고, 피부는 전형적인 북방계 태국인처럼 희고 광채가 나며, 키도 크다. 그의 허리와 엉덩이는 정확하게 이상적인 바텀임을 보여주며, 그의 외모, 특히 사슴처럼 크고 사랑스러운 갈색의 눈망울은 누구나 매료시킬 만큼 아름답다. 하지만 그는 눈이 높고 까다롭기로 악명 높고, 연인 관계도 오래 유지하지 않는 편이다. 한동안 데이트를 하고 나면 핑계를 찾아 차버리곤 했다.

어쨌든 그는 기본적으로 너무 잘생겼고(혹은 아름답거나) 그렇기 때문에 원하는 만큼 까다롭게 굴 수도 있었다.

"도로 가져가."

으아는 레몬아이스티를 보고 1초도 안 돼 시선을 돌려버리고는 나에게 컵을 밀었다.

"야, 왜 그래. 선배가 널 위해 특별히 사준 거야. 한 모금이라도 마셔봐."

나는 그렇게 말하면서도 몰래 미소 지으며 당장 컵을 향해 손을 뻗었다. 아직 코가 얼얼했는데 잘됐다. 지갑 속 동전들도 행복해할 것이다.

"난 모르는 사람의 물건은 받지 않아."

그렇게 말하곤 으아는 더 이상 날 신경도 쓰지 않았다.

나는 어깨를 으쓱하고는 책상으로 돌아와 퐁 선배가 알아차리기 전에 증거를 없애려고 레몬아이스티를 후다닥 마셨다.

으아에게서 버려진 음식을 먹는 것. 이것이 나의 아침 루틴이다. 덕분에 나는 매일 양 볼 가득 음식을 욱여넣느라 통통해져 갔고, 이제는 으아가 어떻게 늘 그런 늘씬한 몸매를 유지할 수 있는지 궁금해하지 않는다.

"너 정말 그렇게 계속 무시할 거야? 그 선배 벌써 두 달 넘게 너한테 들이대고 있잖아."

난 증거를 마저 없애버리고 나서 그에게 훈계하듯 말했다. 다시 자리에 앉아 손으로 턱을 괴고 미친 듯이 핫한 내 친구를 바라봤다.

그의 아름다운 얼굴이 비웃었다.

"난 회사 사람이랑은 교제하고 싶지 않아. 상황만 복잡해지잖아."

"아! 킹과 똑같은 인생 모토구나. 너희 둘은."

"아침부터 누가 내 얘기를 해?"

허스키한 목소리가 끼어들었고, 돌아보니 내 또 다른 친구이자 동료가 다가오고 있었다.

"네 건 책상 위에 있어, 킹."

나는 그리 멀지 않은 그의 책상을 턱짓으로 가리켰다.

킹은 눈썹을 조금 치켜떴다. 그리고 상자를 집어 들고는 내 쪽으로 다시 걸어왔다.

"누가 준 거야?"

"회계팀 신입사원 민트."

"아, 볼이 장밋빛인 그 여자애? 꽤 귀엽던데."

그는 미소를 지으며 브라우니 한 조각을 베어 물었다.

바로 여기, 이 사람은 쿤나콘 또는 킹이라고 불린다. 그는 프로그래머이자 내 인생을 엉망으로 만드는 또 한 명의 범인이다. 나는 그를 유치원생 때부터 알고 지냈는데 바로 이웃집에 살아서 초중고를 내내 같은 학교에 다녔으며, 대학교만 서로 다른 델 나왔다.

이 친구도 얼굴이 참 잘생겼다. 키가 183센티미터여서 나와 으아를 포함한 우리 부서의 남자 다섯 명이 그의 옆에 서면 난쟁이처럼 느껴졌다. 내 머리를 가장 아프게 만드는 것도 이 사람이다. 그에게 반한 여자 혹은 남자들의 질문 공세를 받는 것뿐만 아니라, 그에게 차인 모든 상심한 사람들도 상대해야 했기 때문이다!

킹은 완전 선수다. 그는 누구와도 진지하게 사귀지는 않지만, 잘생긴 데다가 부자이기까지 해서 그와 만나고 싶어 하는 사람들이 많았다. 어쨌든 그래서 불행한 사람은 나뿐이다. 그와 친구라는 이유로 남녀를 가리지 않고 모든 사람들이 매일 나를 쫓아와 그에 대해 물어댔다.

나는 그저 눈으로 바라보기만 하지만, 킹은 손으로 그들을 직접 만질 수 있다. 이게 무슨 말인지는 알 거라고 생각한다. 그뿐만 아니라 젠장! 난 아직도 불특정 다수의 악에 받친 전화를 받고, 그들의 욕지거리와 비명을 듣는 불운을 감내하고 있다. 심지어 그들은 회사에 나타나기도 했다. 하지만 문제의 원인인 킹은 여전히 자신이 하고 싶은 대로 살고 있다. 만약 섹시하고 충분히 매력적인 사람이라면 곧장 킹의 것이 되었다가, 킹이 지루해하면 바람처럼 손아귀에서 빠져나가버린다. 뭐… 이런 일의 책임자이자 처리반은 항상 나다.

이 자식은 내 친구인가, 아니면 내 전생의 업보인가.

"맛은 좋은데, 너무 달아. 나머진 너 먹어."

그는 남은 브라우니 열한 조각이 담긴 상자를 내려놓고 자기 책상으로 돌아갔다.

나는 맛있어 보이는 브라우니를 한참 동안 바라보다가, 한 입 베어 물었다. 달콤한 초콜릿 향이 입안 가득 맴돌았다.

당뇨에 걸려도 어쩔 수 없다. 이렇게 귀한 디저트를 버리는 건 벌 받을 짓이니까.

"으아, 좀 먹을래?"

나는 그에게 M&M 초콜릿 토핑을 얹은 브라우니 한 조각을 들어 보이며 물었다.

그는 흘긋 한번 보고는 또다시 무시했다.

"너나 먹어."

"그 말 취소하기 없기!"

나는 그가 한 입도 먹고 싶어 하지 않는 걸 알면서도 괜히 바람이 불어 내 브라우니를 정말로 먹어보겠다고 할까 봐 서둘러 상자를 서랍 속으로 집어넣었다.

내 두 친구에 대해 이야기하자면, 이들은 서로 정반대라고 할 수 있다. 으아는 항상 냉정하다. 부잣집 아이 같은 태도가 섞여 있어 약간 오만하기도 하다. 그는 매사에 직설적으로 말하는 타입이라 쉽게 다가갈 수 없을 것 같지만, 그것은 그가 쌓은 벽일 뿐 사실 마음은 따뜻하다. 그저 표현하는 것이 서툴 뿐이다.

반면에 킹은 몹시 교활하다. 겉으로는 미소가 만면에 가득하지만, 속은 불지옥처럼 뜨겁고 간교하다. 그는 장난기 가득한 미소로 자신의 진짜 생각과 감정을 모두 숨긴다. 그래서 그가 누구를 좋아하고, 누구를 싫어하는지 알아채기란 거의 불가능하다. 킹은 누구와도 잘 어울리고 있는 것 같지만, 속으로는 누군가를 죽이고 싶어 하고 있을지도 모른다. 그는 어떤 상황에서든 알맞은 가면을 잘도 찾아 쓰는 사람이다.

앞서 설명했듯, 난 이들 중간에서 균형을 잃지 않으려고 노력한다. 난 사실 너무 깊이 생각하는 걸 싫어하는 게으른 타입인데, 그래서 고의든 아니든 간에 이용당하기 일쑤였다. 내가 대학에 다니는 동안 으아는 이런 날 항상 도와주었고, 나의 수호천사 노릇을 했다. 왜냐하면 그는 그저 노려보는 것만으로도 누구든 오싹하게 만들 수 있기 때문이다.

물론 거기에는 나도 포함된다. 으아가 그렇게 바라볼 때마다 내 몸에도 오소소 소름이 돋곤 했다. 그의 눈빛은 달콤해 보이지만, 때론 사형선고와도 같다. 도대체 왜 그렇게 까칠한 건지.

"오는 길에 바스 선배를 만났는데, 새로운 인턴이 왔다던데."

으아의 담백한 목소리에 나는 한숨을 내쉬었다.

또 그때가 왔다. 인턴 교육의 시간!

우리 회사는 매년 인턴을 받는데, 그 수는 해마다 달랐다. 나도 대학생 때 인턴 생활을 했으니 할 말은 아니지만, 애들한테 이것저것 가르치는 건 정말 성가시고 귀찮다. 운이 좋으면 꽤 똑똑한 학생을 만날 수도 있지만, 난 몇 년 내내 답답한 인턴들만 맡았고, 그러다 보니 꽤나 골치 아픈 일이 되고 말았다. 그들은 도무지 어떤 식으로든 도움이 되질 않아서, 오히려 내가 그들의 일을 다 메워야 했다. 죄다 도와주다 보니, 그들이 학교로 돌아가 인턴 생활에 대해 발표를 할 때엔 나에게도 학점을 좀 달라고 협박하고 싶을 정도였다.

하지만 당연히 내가 그런 말을 입 밖에 낼 리는 없다. 그랬다간 교육 기간 내내 기분만 나빠질 테니까. 그저 그들이 교육을 무사히 마칠 수 있도록 돕는 데 만족하는 게 고작이다.

이 회사의 그래픽 부서에는 일에는 그다지 의욕이 없는 선배와 나, 으아뿐이다. 내 상사이자 임시 IT 부서 관리자인 바스는 종종 나나 으아를 인턴의 교육 담당으로 지정하곤 했다. 그래서 누가 사수를 맡을 것인지, 누가 무엇을 가르치고, 점검하고, 그들의 정신머리 교육을 맡을 것인지 같은 구체적인 일을 우리 둘이 결정해야 했다. 어쨌든 좋은 인턴을 구하기만 하면야 정말 많은 도움이 되긴 할 것이다.

"작년엔 내가 사수였으니까, 이제 네 차례야."

작년에 인턴에게 시달렸던 피로감이 아직 가시지 않은 상태라 나는 먼저 선수를 쳤다. 작년 인턴이 만들어낸 결과물이 너무 형편없어서 내가 죄다 손봐줘야 했다. 그러니 올해는 편히 쉬고 싶었다.

"그래."

으아가 간단히 대답했다.

예상보다 쉽게 동의를 얻어낸 나는 멍하니 눈을 깜박였다.

"평소에도 이러면 안 돼?"

그는 나를 돌아보고는 아무 말도 하지 않고 그저 웃기만 했다.

"으아는 이미 인턴 프로필을 봤거든. 아주 우수한 학생이던데. 그 인턴이 아예 여기 남기를 바랄걸?"

사무실로 들어오던 킹이 대신 대답을 했고, 난 모든 것이 순식간에 이해가 됐다. 으아가 그렇게나 쉽게 수락한 이유와 올해 인턴이 엄청 뛰어나다는 것을 말이다.

그래서 뭐? 서류상으로는 다 알 수 없다. 아직 이것저것 더 확인해야 한다. 하지만 난 너무 게으르고, 혼자 일하는 게 더 빠르고 편하다.

"닥쳐."

으아는 킹을 차갑게 노려보며 말했다.

하지만 킹은 굴하지 않고 보란 듯이 실실 웃으며 다시 일을 시작했다.

둘의 관계는 꽤… 흠… 뭐라고 해야 할까.

이 두 사람은 회사에서 알게 된 사이다.

우리가 대학에 다니는 동안에도 서로 스쳐 지나간 적은 있지만, 그게 전부였다. 으아가 이전 직장을 그만두고 내가 그에게 이 회사로 오라고 권유했을 때 비로소 서로 알게 됐다. 음… 그러니까 아마 그들은 친구의 친구, 뭐 그런 사이라고 해야 할 것이다. 게다가 으아는 쉽게 짜증을 내고, 킹은 으아의 짜증을 돋우는 걸 좋아한다. 그래서 때로는 둘 사이에 약간의 긴장감이 감돌기도 하는데, 당연히 그걸 풀어주는 역할을 하는 사람은 나다.

거봐, 난 가장 친한 친구 두 명 사이의 미들맨이기도 하다.

하! 빌어먹을.

* * *

한동안 각자의 일에 빠져 있었는데, 오전 9시가 되자 바스 선배와 매니저가 사무실로 들어왔다.

"올해 IT 부서에서 그래픽 디자이너와 함께 일할 인턴은 한 명뿐이에요. 여기, 선배들에게 인사해요."

매니저의 목소리에 나는 고개를 빼고 사무실 입구 쪽을 바라보았다. 거기에는 대학 교복을 입은 큰 키의 남자가 서 있었다. 동시에 사무실 여직원들이 웅성거리기 시작했는데, 묘하게 설레는 감정들이 느껴졌다.

여자들이 그런 반응을 보이는 건 당연했다. 한눈에도 그는 이 세상 것이 아닌 잘생김을 보유하고 있었으니까. 키도 아주 크고, 하얗고 매끈한 피부가 한류스타 같았으며, 그의 고결한 아우라가 사무실 곳곳으로 번져가고 있었다. 남자가 봐도, 그가 정말로 믿을 수 없을 정도로 잘생겼다는 건 부정할 수 없었다. 나도 이런데 여자들이 어떻게 비명을 지르지 않을 수 있을까.

"안녕하세요. 제 이름은 파킨 샤오파파콘입니다. 마이라고 불러주세요. 뵙게 돼서 영광입니다."

와… 목소리도 엄청 울림 있는 동굴 목소리다.

여자 직원들이 사르르 녹아내리는 게 보였다. 이 젊은 남자는 예의 바르게 미소를 지은 채 주위를 한번 둘러보다가 곧 우리 쪽에 시선을 고정했다.

그리고 나는 거의 본능적으로 으아를 바라보았다.

오, 저 남자애 이제 이쪽 말고는 아무 데도 못 볼 거야. 내 친구가 또 한 사람의 마음을 훔쳐버렸네.

나는 여전히 무표정한 얼굴을 하고 앉아 있는 으아를 바라보다가 사무실 문 앞에 서 있는 청년의 얼굴로 시선을 돌렸다. 그는 아직도 이쪽을 쳐다보고 있었다. 으아가 누구나 빠져들 수밖에 없는 매력적인 남자라는 건 알지만….

제발, 진정해라. 우린 앞으로 4개월 동안 같이 일해야 한다고.

"좋아, 잘 돌봐주도록 해요. 이번 인턴 교육 담당은 누구죠?"

매니저가 묻자 익숙한 목소리가 들렸다.

"올해는 제이드니팟입니다."

킹의 목소리였다.

"네, 맞아요…."

나는 무심코 동조했는데… 그게 내 이름이었네?

나는 재빨리 고개를 돌려 그를 노려봤다. 킹이 나를 향해 눈썹을 치켜올렸다.

너 뭐야? 나한테 왜 그러는데!

"좋아요. 잘 돌봐주세요, 제이드니팟 씨."

"어… 매니저님."

"왜 그러시죠?"

중년의 꼰대라고 할 수 있는 매니저가 짜증스러운 표정을 지었고, 난 하려던 말을 꾹 삼켰다.

"아, 아니에요. 잘 돌보겠습니다."

나는 어색하게 웃었고, 뒤에선 킬킬대는 킹의 희미한 웃음 소리가 들렸다.

나는 그를 마저 노려보다가, 바스 선배가 새 인턴과 함께 다가오자 다시 돌아섰다.

"네가 담당이라고? 잘 돌볼 수 있지? 난 회의가 있어서, 다음에 얘기하자."

바스 선배는 청년을 나에게 밀어두고는 달아나듯 현장을 떠났고, 난 여직원들이 웅성거리는 가운데 홀로 말문이 완전히 막혀버렸다.

"아아, 앞으로 4개월 동안은 매일 출근할 맛 나겠네."

부서 선배인 파이가 몹시 신이 나서 말했다.

나는 마이를 힐끔거리는 여자들을 살폈다. 그녀들은 청년이 돌아보자 얼굴을 붉히며 다른 곳으로 재빨리 고개를 돌렸다.

"벌써 새로운 사람한테 마음을 빼앗긴 거예요? 이제 전 잊히나 보네요."

킹이 파이 선배를 보면서 중얼거렸다.

그는 자못 슬픈 표정을 지어 보였지만, 마침내 그녀에게서 벗어났다는 해방감으로 기뻐하는 기색이 엿보였다.

"에이, 그러지 마. 내 심장에는 특별한 네 개의 방이 있거든. 그중 하나의 방을 마이가 차지했을 뿐이야. 안녕, 내 이름은 파이야. 만나서 반가워!"

든든한 선배이자 IT 지원 업무 담당자인 파이 선배는 인조 속눈썹을 연신 깜빡이며 새 인턴에게 다정한 눈빛을 보냈고, 마이는 그저 미소를 지으며 그 자리에 가만히 서 있었다.

"겁먹고 도망가버리기 전에 그만하세요."

나는 그렇게 말하며 의자에서 몸을 일으켰다. 마이가 나보다 훨씬 크다는 게 체감되어서 조금 불편해졌다. 요즘 부모들은 아이들에게 뭘 먹이고 키우는 건지…. 넌 도대체 뭘 먹고 이렇게 컸니?

"난 제이드고 여기는 으아. 우린 그래픽 디자이너야. 원래 몽콘이라고 한 명 더 있는데, 오늘 쉬는 날이야."

나는 우리 모두를 간단히 소개했고, 인턴은 두 손을 모은 채 공손하게 인사를 건넸다. 기본적이고 간단한 태국식 인사였다. 그런 다음 나에겐 정중하게 미소를 지었다.

"안녕하세요."

그의 깊은 목소리가 내 질투심을 불러일으켰다. 사람이 어떻게 이렇게 완벽할 수 있는가. 이미 탈우주급의 잘생긴 얼굴을 갖고 있는데, 웃을 때면 천사의 기운까지 깃들었다. 그의 목소리는 누구의 귀에도 듣기 좋을 것이 분명했다.

왜 이렇게까지 매력적인 거야?

"너무 긴장하지 마. 음… 그리고 난 네 사수가 아니야. 방금은 내 친구가 장난을 친 거고, 네 진짜 사수는…."

"그냥 네가 맡아. 매니저한테도 이미 말했잖아."

으아가 갑자기 끼어들었다. 그는 나를 똑바로 쳐다보며 덧붙였다.

"네가 잘 돌봐줘."

잠깐. 어떻게 그럴 수 있어?

아까 얘기했잖아!

"데려가, 제이드. 네 일을 도와줄 사람이 생기는 거야."

킹이 얄밉게 말을 보탰다.

나는 서랍 속에 고이 간직해둔 브라우니 상자를 꺼내서 그의 머리를 한 대 내려치고 싶었다.

그럼 너나 해라!

나는 천천히 숨을 들이쉬고 내쉬면서 진정하려고 노력했고, 분노를 가라앉히기 위해 마음속으로 기도했다. 화가 나더라도 침착함을 잃지 않아야 한다. 그러지 않으면 인턴이 나를 선배로서 존경하지 않을 거니까. 게다가 내가 이 청년의 눈앞에서 거듭 거부 의사를 밝힌다면, 기분 나빠할 수도 있다. 왜 선배들이 자신을 서로 받지 않으려 하는지 마음에 상처를 입을 수도 있다.

"전 뭐든지 할 자신이 있습니다. 제가 필요하시면 언제든 말씀해주세요."

청년이 한 사람씩 둘러보며 말했다. 으아가 고개를 들어 눈을 마주치는 바로 그 순간, 그의 시선은 으아에게 꽂혀 들었다.

매력적인 두 사람이 서로를 바라보고 있다. 나 같은 평범한 남자가 할 수 있는 일은 최대한 표정이 변하지 않도록 담담하게 미소 짓고 있는 것뿐이다.

데자뷰.

난 또 똑같은 상황에 갇혔다.

02

신경 쓰이는 아이

비록 남들을 위한 '다리'가 되는 건 그다지 행복한 일은 아니지만 적어도 다른 사람, 특히 어린 사람들의 마음을 상처 입히고 싶지는 않다.

"여기 앉으면 돼."

나는 으아 옆에 있는 지저분한 책상을 치우고 아무도 사용하지 않는 노트북을 올려놓았다. 그리고 옆에 서 있는 마이를 향해 최대한 다정하게 미소 지으며 말했다.

눈길이 으아에게서 좀처럼 떠나지 않는 것을 보니 이 인턴은 내 친구에게 관심이 있는 게 분명했다. 좋은 사수라면 응당 그가 원하는 것을 얻을 수 있도록 도와야 하는 법! 물론 이 인턴에게 약간의 동정심을 느끼기도 했다. 으아에게 반했던 수많은 사람들의 말로를 알고 있으니까. 어쩌면 한동안은 이 인턴도 내가 아주 든든한 조력자라는 것을 깨닫고 맛있는 간식을 가져다줄지도 모른다.

아, 내가 식탐 때문에 이러는 건 아니다. 그냥 그간의 경험으로 미루어볼 때 그럴 수도 있다는 것이다.

"음…."

마이는 내가 가리킨 책상 앞에서 머뭇거렸다. 벌써 내 미들맨 기술에 감탄했나 보다.

역시. 내가 바로 그 제이드라 이 말씀이야.

"왜?"

내가 의아해하며 묻자 조용하던 으아가 되물었다.

"여기에 앉으면 어떻게 일을 가르치려고 그래?"

….

유구무언.

그러네. 그건 완전히 잊고 있었다.

나는 잠시 얼굴을 찡그렸다가, 이내 웃으며 아무렇지 않게 말했다.

"내 옆 책상은 몽콘 선배 자리잖아. 네 옆자리 외에는 빈자리가 없고. 아니면 으아 네가 가르쳐줄래? 그럼 내 책상이랑 마이 책상 사이를 왔다 갔다 할 필요도 없는데."

난 이렇게 말하면서 속으로 음흉하게 웃었다. 이 아이를 으아와 엮으면서 동시에 내가 그를 돌볼 필요가 없도록 만들 수 있었다.

난 정말 천재야!

"그럼 내가 옮길게."

하지만 으아의 입에서 예상치 못한 대답이 나와 모두를 당황케 했다. 나는 으아가 곧바로 자신의 짐을 싸는 걸 보면서 멍청하게 서 있었다.

"잠깐, 잠깐만. 네가 옮긴다고? 왜? 그건 시간 낭비야."

"나를 막으려는 것도 시간 낭비야. 마이가 네 옆에 있어야 쉽게 가르칠 수 있잖아."

그의 명료하고도 단조로운 대답에 나는 또다시 멍청하게 서서 제멋대로 물건을 옮기는 친구를 바라보기만 했다. 결국 마이를 마주 보며 머쓱하게 웃어 보이고는 마음속으로 미안하다고 말했다.

좋아, 적어도 전부 실패한 건 아니야. 비록 반대편이지만 여전히 으아의 한쪽 옆에 있는 거잖아. 그러니 너무 슬퍼하지 마라, 꼬마야.

5분 만에 책상 이동이 끝났고, 마이는 내 옆에 앉았다. 여전히 얼굴 가득 예의 바른 미소를 띤 채.

"제가 뭘 하면 될까요, 제이드니팟 선배?"

"그냥 제이드라고 불러. 노트북부터 켜고, 먼저 내가 한 작업에 대해 참고 자료로 몇 개 보여줄게.”

그는 태연한 척 지시하는 내 말을 듣자마자 그 즉시 움직였다. 컴퓨터를 켜기 위해 전원 버튼을 누르는 마이의 손을 슬쩍 쳐다보았다. 그의 손가락은 길고 매끈해 보였다.

잘생긴 사람은 손가락도 잘생겼네….

그를 위해 임시 비즈니스 이메일 계정을 만들어주었고, 내가 했던 작업 파일을 보내 우리 업무의 성격을 이해할 수 있도록 했다. 그다음엔 우리의 작업 범위를 설명하느라 오전 시간을 다 보냈다. 회사 규모가 그렇게 큰 편이 아니라서 직원 한 명 한 명의 업무 범위가 꽤 넓었다. 이후 그에게 회사 메인 페이지의 이미지 작업을 맡긴 다음에야 내 업무를 시작할 수 있었다.

나는 곧장 이메일에 접속해 마이의 포트폴리오를 열었다. 그의 솜씨는 아주 인상적이었고, 다양한 툴을 다루는 기술도 가지고 있었다. 작업에 기본 프로그램뿐만 아니라 다른 편집 도구도 여럿 사용했는데, 그중 일부는 나도 전혀 사용할 줄 모르는 것이었다. 게다가 그의 포트폴리오에서는 더 많은 것을 배우고 싶어 하는 열의가 느껴졌다.

그의 포트폴리오 점검에 이어 업무 메일을 확인한 후엔 내가 작업 중이던 광고 포스터에 집중했다. 마이는 열심히 일을 하다가 가끔씩 질문을 했다.

"제이드 선배, 이거 괜찮을까요?"

"좋아, 정말로. 으아, 이 레이아웃 어떻게 생각해?"

나는 내내 침묵하던 으아에게 물었고, 그는 조용히 한번 훑어보고는 대답했다.

"그래, 좋네."

그의 대답을 듣고 자신감이 생긴 듯한 인턴의 표정을 보자 나는 미소를 감출 수 없었다. 평범한 내가 하는 칭찬과 자신이 좋아하는 사람에게 듣는 칭찬이 어떻게 비교가 가능할까.

다 안다, 꼬마야.

이어서 '배경이 좀 동떨어진 것 같아, 좀 더 어둡게 만들어 봐' 하고 제안하고 나서 으아는 바로 자신의 일로 돌아갔다.

나는 은근히 마이의 반응을 기대했다. 환한 미소나 별빛 가득 반짝이는 눈빛 같은 걸. 그러나 그는 단지 정중한 미소를 짓고는 다시 작업에 임했다.

허, 너도 보통은 아니구나.

그는 잘도 침착함을 유지했지만, 그가 내 친구에게 반했다는 것은 확신할 수 있다. 왜냐고? 나로 말할 것 같으면….

내 이름은 제이드, 탐정이죠.

난 어릴 때부터 명탐정 코난의 열혈 독자였다. 그리고 보니 난 이제 거의 서른인데, 그 만화는 아직도 진행 중이다. 이제는 아오야마 선생님이 완결을 그리기 전에 내가 죽지 않기만을 바랄 뿐이다.

마이는 칭찬을 받아서 그런지 좀 더 여유로워 보였다.

그는 나에게 이것저것 조금씩 더 물었고, 처음에는 그냥 자기 책상에만 있었는데 지금은 내가 더 잘 볼 수 있도록 노트북을 내 책상 쪽으로 옮겼다. 그뿐만 아니라 이제는 아예 의자를 가까이 끌고 와 내 책상 한편에서 작업을 하고 있다. 덕분에 우리 사이의 거리는 완전히 사라졌고, 난 이 상황을 어떻게 해야 할지 몰라 눈만 깜빡이고 또 깜빡였다.

너 설마….

가정의 온기가 부족해?

그럼 그냥 내 무릎에 앉을래?

나는 더 이상 추측하는 일에 지친 나머지 한숨을 내쉬며 상황을 받아들였다. 하지만 거의 동시에 노트북 화면에 집중하고 있는 이 남자애의 예쁜 얼굴에 또 길을 잃고 말았다. 어쩌면 내가 사수이기 때문에 이렇게 친근하게 구는 걸 수도 있다. 도통 얼굴 근육 움직이는 법을 모르는 것 같은 으아보다야 나처럼 표정이 풍부한 얼굴이 더 쉽게 느껴지는 것일 수도 있다.

음… 어쩌면 너무 부끄러워서 으아에게 다가갈 수 없는 것일지도 모른다. 좋아하는 사람과 가까워지는 건 어려운 일이지, 암. 내가 왜 그 생각을 못 했을까.

나는 믿을 수 없다는 표정으로 다시 마이의 얼굴을 바라보았다. 확실히 자신감 넘쳐야 할 타입인데, 연애에 있어서는 낯가림이 심한 걸까? 하지만 겉모습만으로 사람을 판단할 수는 없다. 얼굴은 예쁜데 성격이 나쁜 사람을 쉽게 찾을 수 있고, 못난 얼굴이어도 고운 마음씨를 가진 사람도 널려 있으니까. 외모만을 근거로 사람이 어떻다고 가정하는 일은 특히 나에게는 말도 안 되는 일이다.

"얘들아, 점심 먹을 시간이야!"

파이 선배가 소리쳤다.

그제야 나는 화면에서 눈을 떼고 정확히 정오 12시를 가리키는 시계를 바라보았다.

"사무실에도 좀 이렇게 정확한 시간에 오지 그래요?"

"입 다물어, 제이드. 너희들이 과로로 굶어 죽지 않도록 내가 각별히 신경 써주는 거야. 마이, 밖에 나가서 나랑 점심 먹을래? 내가 사줄게."

그녀가 눈으로 마구 빛을 쏘아대자 마이는 어색하게 미소 지으며 도움을 청하는 눈길로 나를 쳐다봤다.

"아뇨, 아뇨. 마이는 제 부사수예요. 데려가려면 대가를 치러야죠, 신부의 지참금처럼요."

"신부의 지참금은 개뿔. 너 혼자 독차지하려고 하지 마."

"줄 게 없으면 보내주지 않을 겁니다. 자, 친애하는 자매님, 일어나시죠. 킹, 으아, 점심 먹으러 가자."

나는 파이 선배를 막아내고는 가장 친한 친구들을 향해 소리쳤다. 그러자 킹이 일을 바로 멈추고 내 옆으로 바짝 다가와 섰고, 나는 킹과 다른 한쪽에 선 마이 사이를 갈팡질팡했다.

이 둘 사이에 서보니 마치 구덩이에 빠진 것 같은 느낌이 들었다. 소설 속 남주 같은 키를 가지고 있으면 나 같은 평균 키를 가진 사람들이 이 사회에서는 설 자리가 없다는 걸 이 자식들이 알기나 할까?

글쎄, 내 키는 176센티미터니까 태국의 평범한 여자들의 키와 비교하면 결코 작지 않다. 하지만 내 옆에 183이 넘는 사람이 양쪽으로 서 있다면, 누구라도 난쟁이가 된 것 같은 느낌이 들 것이다. 킹이 키가 큰 것만으로는 충분하지 않았는지, 마이까지 와버렸다. 심지어 으아도 나보다 키가 크다.

평균의 외모, 평균의 키.

내 인생은 왜 이런 걸까.

"뭐 먹을 건데?"

킹이 의견을 묻자 나는 '폰 이모네 가게에서 먹을래, 넌?' 하고 되물었다.

"넌 아무것도 안 먹는 게 낫지 않아? 또 살찐다고 불평할 거 아냐."

하지만 킹은 내게 대답하는 대신 으아의 신경을 긁었고,

그 대가로 으아로부터 살해 협박에 가까운 시선을 받았다.

"닥치고 신경 꺼."

나의 친애하는 아논 씨에게서는 살벌하면서도 심플한 대답이 흘러나왔다.

킹은 욕을 들어먹는 게 기쁘기라도 한 듯 씨익 웃더니 마이를 바라보았다.

"넌 뭐 먹고 싶어?"

"뭐든 괜찮아요. 감사합니다."

그는 그 깊은 목소리로 공손하게 대답했고, 소설 속에서 튀어나온 신사 같은 자태로 조금 전 킹의 모습을 세상 개자식처럼 보이게 했다. 내가 마이에게 만족스러워하는 포인트였다.

잘생겼는데 품행도 좋고, 으아와 함께하기에 가히 적합한 인물이다. 내 친구에겐 이런 사람이 필요하다.

"그럼 폰 이모네서 먹자."

킹이 그렇게 말하면서 우리 모두를 엘리베이터로 이끌었다.

나는 그를 따라가면서 마이가 으아 옆에 서도록 유도했다. 좁은 엘리베이터 안에서 서로의 팔이 부딪히는 모습을 보니 절로 미소가 지어졌다.

어때, 둘 사이에 불꽃 좀 튀었어?

그럼 이제 이 제이드 선배에게 고맙다고 해라!

* * *

우리는 사무실 건물 근처에 있는 식당으로 나란히 걸어갔다. 이미 여러 회사의 직장인들이 점심을 먹으러 이곳에 모여 있었다.

나는 테이블을 잡고 마이를 밀어서 으아 옆에 앉히려고 했지만, 킹이 자리를 빼앗아가는 바람에 마이가 내 옆에 앉게 됐다.

"뭐 먹을래? 내가 한 번에 주문할게."

"바삭한 돼지고기를 곁들인 바질볶음. 매콤하게, 강낭콩은 빼고 바질만 조금. 그리고 폰 이모한테 수프에 고기 좀 넣어달라고 해."

킹은 너무 많은 세부 사항을 달았고, 그걸 모두 기억해서 전해줘야 하는 나에게는 전혀 미안함이 없어 보였다. 나는 진심으로 이 자식의 얼굴을 걷어차고 싶었다.

네가 직접 주문해라, 이 까다로운 자식아!

으아는 '해산물을 곁들인 스키야키볶음'이라고 한마디만 말하고는 휴대폰만 보았다.

"마이 너는? 내가 사줄게."

"해물볶음밥이요. 굳이 사주실 필요 없어요. 신경 써주셔서 감사합니다."

와, 또 그에게서 뭔가 경건한 기운이 퍼지는 것 같다. 이번엔 눈물까지 흘릴 뻔했다. 내가 인턴 교육을 시작한 이래로 아무도 공짜 식사를 거부한 적이 없었다. 그가 처음이다.

내 지갑 사정을 배려해주다니…. 넌 정말 정말 좋은 아이야.

"에이, 그게 뭐야. 그냥 제이드한테 사달라고 해. 사수잖아. 선배가 사주는 밥을 처음부터 거절하는 것도 예의는 아냐."

망할 킹이 또 끼어들었다. 자기가 계산할 것도 아니면서.

"아, 그런 거면, 감사히 먹겠습니다."

마이가 정말 고맙다는 듯이 말했다.

빌어먹을 킹!

너 진짜 죽인다!

오늘따라 말을 너무 많이 해서 여러모로 나를 곤란하게 하는 친구에게 대놓고 살벌한 눈빛을 보내주었다. 킹은 왜 그러는지 하나도 모르겠다는 표정으로 내 화를 더욱 돋우었지만, 마이가 손을 모아 진심으로 고마운 마음을 표현하자 스르르 마음이 풀렸다.

좋아, 하루 정도 인턴에게 밥을 사준다고 굶어 죽지는 않을 거야. 대신 오늘 점심 식사 후에 버블티는 마시지 말아야지.

나는 폰 이모에게 가서 주문을 한 뒤, 다시 테이블로 돌아왔고, 점심을 기다리는 동안 새로운 인턴에 대한 화제로 대화가 시작되었다.

"마이, 몇 살이야?"

내가 물었다.

"저 스물한 살이에요."

그는 한결같이 부드러운 미소를 지으며 대답했다.

그의 대답을 들으니 갑자기 내가 아주 늙은이가 된 기분이었다.

우리보다 여섯 살이나 적었다⋯. 너무 어리잖아! 내가 대학교 1학년이었을 때 그는 겨우 7학년 학생이었다!

하지만 요즘 나이는 숫자에 불과하다. 연상연하 커플은 또 다른 트렌드고, 으아는 여전히 건강하고 생기 넘치니까, 괜찮을 것이다.

"선배들은요?"

"우린 스물일곱이야."

"정말 어려 보이시네요."

그가 단지 듣기 좋으라고 한 말일 수도 있지만, 어쨌든 나는 칭찬으로 받아들였다.

"맞아. 누가 그랬더라, 으아한테 어느 대학에 다니냐고 물어본 적 있지, 킹?"

"어, 장님이었을걸?"

"꺼져, 킹."

으아는 휴대폰에서 눈을 떼지도 않은 채 말했다.

킹이 킬킬거리는 소리를 들으면서 나는 고개를 저었다. 그러다 나를 보며 미소 짓는 마이를 발견했다.

"으아 선배 진짜 동안이세요. 제이드 선배도요."

젠장, 이 아이는 사람을 기분 좋게 칭찬하는 법을 잘 알고 있다. 그리고 확실히, 으아에게 가까이 다가가기 위해 먼저 나와 가까워지려고 하고 있다!

"얜 얼굴만 어리게 생긴 게 아냐. 머리도 어려. 바보야, 바보."

"킹, 이 개자식아. 진짜 내가 네 전 애인들한테 네 번호 다 까발려버린다?"

"전화번호 바꾸면 되지. 됐지?"

킹이 싱긋 웃으며 대답했다.

나는 갑자기 헐크로 변해 그의 잘생긴 얼굴을 날려버리지 않기를 간절히 기도했다. 그리고 주의를 환기하려고 얼른 주제를 바꾸기로 했다.

"넌 애인 있어?"

나는 마이에게 직접적으로 물었다.

그와 내 친구 사이에 다리를 놓아주기 전에 으아가 세컨드가 아닌지를 확인해야 한다.

내 질문에 마이가 부드럽게 웃는 모습을 보고 조금 놀랐다. 대답을 하는 그의 눈에도 빛이 났다.

"아뇨, 만나는 사람 없어요."

"거짓말. 너처럼 잘생긴 사람한테 아무도 없다고?"

나는 믿을 수 없다는 듯 목소리를 높여 되물었지만, 그는 단호하게 고개를 끄덕였다.

"사람들이랑 그다지 잘 어울리지를 못해서요. 연애에 관심도 없고, 친구도 별로 없어요."

"진짜? 비밀 연애 중인 건 아니고?"

이번엔 킹도 끼어들었다.

"아니에요, 정말로 없어요."

식사가 나오자 나는 직원이 가져다준 볶은 삼겹살과 콩을 곁들인 레드카레를 받아 들고 킹을 보며 눈살을 찌푸렸다.

"다 너 같은 줄 알아? 네 방식대로 사람 판단하지 마."

"이게!"

킹이 내 머리를 세게 미는 바람에 얼굴을 접시에 담글 뻔했지만, 다행히도 마이가 제때 내 어깨를 잡아주었다.

"괜찮으세요?"

마이가 나를 몹시 걱정스럽게 바라보았고, 나는 곧장 킹의 다리를 걸어찼다.

본격적으로 식사를 시작하면서 나는 으아의 해물 스키야키와 마이의 해물볶음밥을 흘끔거렸다.

같은 해산물, 비슷한 음식.

흠….

마이, 너 으아의 주문을 따라 했구나?

우리 모두가 점심 식사를 마칠 때까지는 그리 오랜 시간이 걸리지 않았다. 나는 마이의 점심 식사 비용까지 지불하면서 폰 이모네 식당 근처에 있는 버블티 가게를 슬픈 눈길로 바라보았다. 보지 않아도 지갑 속 공허함이 느껴지는 것 같았다.

미안해, 당뇨야. 우리 오늘 못 만나.

식당에서 나와 우리는 한낮의 찌는 태양 아래를 열심히 걸어 회사가 있는 건물에 도착했다. 너무 더워서 날계란도 익을 것 같은 날씨였다. 으아와 킹이 부서로 먼저 돌아가고, 나는 잠깐 사무실 주변을 둘러볼 계획이었다. 내 수많은 고객님들이 내 친구들에게 선물을 전달하고 싶은 마음에 안달이 나 있을 것이기 때문이다. 나는 그들의 마음을 전달하는 선하디선한 사랑의 메신저니까 몸소 들러줘야 한다.

퐁 선배는 돌아왔으려나…. 지금 당장 배달비 받으러 가도 될까?

어쩌면 아직 버블티를 마실 가능성이 남아 있을지도 모른다.

"제이드 선배, 사무실로 안 가세요?"

부드러운 목소리가 나를 불러 세웠다. 뒤에 마이가 서 있었다. IT 사무실로 돌아가지 않고 다른 방향으로 걸어가려는 나를 보고 있었던 것이다.

"친구들 좀 보고 갈게. 먼저 사무실로 돌아가서 쉬고 있어."

마이는 고개를 끄덕이고는 순순히 내 말을 따랐다. 선배가 된다는 건 참 멋진 일이다. 내가 말하는 대로 그대로 따라주니까, 왠지 힘이 더 나는 것 같았다.

여러분, 미들맨이라서 이런 게 정말 좋답니다!

나는 결국 예상한 대로 동료들로부터 선물을 받아냈다. 게다가 퐁 선배에게서는 100바트짜리 지폐를 받았고, 나는 곧장 내려가 버블티 한 잔을 사 들고는 승리의 미소를 지을 수 있었다. 뿌듯한 마음을 가득 안고 사무실로 돌아왔다.

"아, 또 누가 킹에게 선물을 줬네. 정말 인기가 많아, 내 자기는."

파이 선배는 내가 킹의 책상 위에 쿠키 상자를 올려놓는 걸 보고 빈정거렸다.

게임을 하느라 바쁜 킹은 상자를 흘끔 쳐다보고 다시 화면에 집중하며 물었다.

"누가 준 건데?"

"마케팅팀에 파사이."

"아아, 그 사람도 귀엽지."

"다 귀엽다고 하잖아요. 대체 언제쯤 고를 거예요?"

후배 프로그래머 건이 배를 쓰다듬으며 물었다.

"매일매일 선물을 받고 있잖아요. 으아 선배도 그렇고. 사무실에 간식이 넘쳐나요. 더 이상 놓을 자리도 없다고요."

"말이 많네. 공짜로 먹으면 좋지, 뭘 그래?"

이 사태의 원인인 킹은 게임에서 눈을 떼지 않은 채 남의 일처럼 대답했다.

"물론 좋지만, 살이 너무 찌고 있단 말이에요."

"그래, 너네 너무 많이 먹어서 몸매가 다 망가졌잖아. 특히 네 친구, 제이드."

그때 들려온 부서 관리자 바스 선배의 말이 나를 긴장하게 만들었다.

괜히 뜨끔한 나는 '저 살 안 쪘는데요! 아직 괜찮아요' 하고 쏘아붙이며 책상으로 돌아왔다.

"제이드 선배, 디저트 좋아하세요?"

내가 돌아오자 마이가 호기심이 가득한 눈을 하고 물었다.

역시….

목적을 이루기 위해 관련한 모든 세부 사항을 파악 중인 이 아이는, 으아와 가까워지기 위해 먼저 나에게 잘 보이려고 노력하고 있다.

알았어, 알았어. 친절하게 알려줄게.

"응, 디저트든 뭐든 단 거 좋아해. 제일 좋아하는 건 크리스피크림의 오리지널 글레이즈드 도넛이야."

나는 내가 원하는 것을 구체적이고 정확하게 말하고는 속으로 행복해했다.

이제 날 위해 무엇을 사야 하는지 알았으니 서두르렴. 더 머뭇거리는 건 시간 낭비일 뿐이야.

"기억해둘게요."

그가 의미심장한 얼굴로 미소 지었다.

나는 한심한 식탐가처럼 보이지 않으려고 무뚝뚝하게 고개를 끄덕이고 나서 노트북을 켜고 다시 일을 시작했다.

* * *

오후 업무는 순조롭게 진행되었다. 마이는 이미 자신이 무엇을 해야 하는지 알고 있었기 때문에 내가 많은 걸 가르칠 필요가 없었다. 그가 묻는 대로 나는 알려주고, 틈틈이 으아에게 말을 걸어주기도 했다.

으아는 어느새 오전보다 마이에게 더 많은 말을 하게 되었고, 마이도 이젠 덜 수줍어하는 것 같았다. 둘을 보고 있으면 인스타그램에서나 나오는 유명한 커플들처럼 정말 잘 어울린다는 걸 부인할 수 없었다.

나는 으아에게 마이의 작업을 봐달라고 부탁하고서 오후 5시에 마감인 작업에 더 집중했다. 그리고 마침내 근무 시간이 끝났다.

"집에 간다아아아."

나는 컴퓨터 앞에서 나른하고 행복한 얼굴로 스트레칭을 했다. 화면의 시계는 오후 5시 30분을 가리켰고, 나는 서둘러 가방을 챙기며 퇴근 준비를 했다.

운 좋게도 우리 부서에는 제시간에 집에 간다고 해서, 야근하는 다른 사무실만큼 열심히 일하지 않는다고 큰 소리로 티 내는 사람이 아무도 없었다. 물론 직장에서의 긴 하루를 끝내면 서둘러 집에 가고 싶어 하는 건 인지상정이다. 추가 수당을 주는 것도 아닌데 초과 근무를 하고 싶은 사람이 어디 있겠는가. 아내나 남편, 또는 누구에게든 서둘러 돌아가는 것이 당연히 좋지.

나 같은 싱글 남성도 마찬가지다. 집에 가서 넷플릭스나 보고 아늑하지만 외로운 내 방에서 휴식을 취한다. 가끔 기운이 남아돌면 마트에서 음식을 사 와 해 먹기도 하고, 예산이 허락한다면 가끔은 뷔페에 가기도 한다. 그럴 땐 으아나 킹과 함께 가기도 하는데, 그들이 같이 갈 사람이 따로 있을 때면 혼자서라도 간다.

요즘에는 둘 다 누굴 만나고 있지 않아서 함께 외식을 하는 일이 잦았고, 그래서 지갑이 너덜너덜했다. 덕분에 뷔페에 가지 못한 지 꽤 오래되었다.

"자, 마이. 집에 가자."

나는 마이의 어깨를 두드리며 말했다.

그는 컴퓨터를 끄고 모두에게 먼저 퇴근한다며 인사를 했다. 나는 사무실을 나와 입구에서 두 친구를 기다렸고, 내 뒤로 마이가 강아지처럼 따라왔다.

"선배들은 어디 사세요?"

"킹은 실롬, 으아는 사톤에 살아. 난 여기서 좀 떨어진 랏크라방에 살고."

사실 내가 사는 콘도는 원래 형인 젯의 콘도였는데, 나에게 빌려준 것이다. 덕분에 생활비를 절약할 수 있었다.

"그럼 제이드 선배는 어떻게 출근하세요?"

"공항철도나 지상철. 사람이 많아서 엄청 일찍 일어나야 해."

"제 콘도도 랏크라방에 있어요."

마이는 활짝 웃으며 말했다. 그리고 덧붙였다.

"전 차가 있어서, 같은 지역에 사니까 태워드릴 수 있어요."

"아, 아니, 아니야. 그럴 필요 없어. 그럼 내가 너무 민폐잖아."

나는 그가 나에게 이렇게나 공을 들이려는 것에 깜짝 놀랐다. 순수해 보이는 외모와는 달리 그는 자신의 게임에 대해 잘 알고 있었다.

으아의 친구인 나를 공략하려고 첫날부터 이렇게나 공을 들인다고?

"괜찮아요. 어차피 가는 길이니까, 집에 데려다드릴게요."

"하지만, 그건…."

"그냥 같이 가, 제이드. 너 지상철 티켓이 네 지갑에 있는 돈을 빨아들인다고 불평했잖아. 여기 있네. 그 불평을 잠재울 방법이."

킹이 애써 숨기려던 내 마음속 이야기를 꺼냈다.

물론 돈을 절약하는 데 도움이야 되겠지만 그래도 상도의 라는 게 있다. 내가 암만 으아의 친구라 해도, 오늘 당장 그의 기생충이 될 수는 없다. 게다가 마이는 오늘 온 인턴이라고!

"같이 가요, 선배."

그는 입가에 잔잔한 미소를 띤 채 강아지처럼 반짝이는 눈망울을 하고 나를 바라보았다.

"그럼… 하루만… 집까지 태워줄 수 있어? 정말 고마워."

물론 이런 일은 나에게 아주 일상적인 일이나 다름없긴 하다. 내 친구에게 접근하고 싶어 하는 누군가가 나부터 공략하려드는 것은 일상다반사였고, 그렇게 다가와 천사처럼 굴다가 머지않아 내 친구와 닿기 위해 나를 괴롭힐 것이다. 하지만 지금까지 그런 사람들을 수없이 많이 겪어왔어도, 그들 중 누구도 나를 데려다주지는 않았다.

"내일 봐."

으아는 그렇게 말하고 곧장 자신의 차로 움직였다. 킹도 마찬가지였다.

나도 친구들에게 작별 인사를 하고, 주차장으로 가는 내

보살핌을 받아야 마땅한 인턴에게로 향했다.

"제 차는 저기 있어요."

나는 그의 넓은 어깨를 보며 따라가는 동안 나에게 이 정도로 많은 투자를 한 사람이 없었다는 걸 새삼 깨달았다.

으아가 정말 좋은가 보다….

그렇다면 넌 정말 훌륭한 조력자를 만난 거야.

이 제이드 형이 널 으아와 꼭 연결해줄게!

03

정말 자상한 남자

방금 전 킹이 나한테 마이의 차를 타고 출퇴근하라고 했을 때, 그거 너무 이기적이지 않냐고 힐난하려고 했다. 나는 성인이고 돈도 버는데, 직업도 없고 아직 돈도 못 버는 학생을 이용하라는 말이냐고! 하지만 그의 차를 보고 나니 먼저 내 주제 파악부터 해야겠다는 생각이 들었다.

"이게 네 차야?"

"네, 타세요."

그는 차 키에 달린 리모콘을 누르며 대답했다.

나는 마이와 모델명도 모르겠는 그의 검은 BMW를 번갈아 쳐다보았다. 분명하게 알 수 있는 건 이번 생에도, 다음 생에도 결코 이런 차를 탈 수는 없을 거라는 사실이다.

정말 바보 같아. 겉모습부터 부티가 났는데…. 어쩌면 그의 한 달 용돈이 내 월급보다 많을지도 모른다. 내가 왜 그렇게나 배려하려고 애를 썼는지, 나 참!

결국 이게 최선인가, 단념하며 한숨을 푹 쉬고 차로 다가갔다. 마이는 기름값 정도는 충분히 낼 수 있을 테니, 더 이상 죄책감 느끼지 않고 집까지 태워달라고 부탁해도 될 것 같았다.

매달 말, 한 달 생활비가 바닥나기 시작하면 항상 내 인생도 같이 끝나가는 것처럼 느껴지곤 했다. 그래서 도무지 아끼려야 아낄 수가 없는 교통비가 더 무서웠는데….

나처럼 가난한 월급쟁이 직장인을 불쌍히 여기렴, 꼬마야. 내가 아무것도 가르쳐주는 게 없더라도, 최소한의 돌봄 비용이라고 생각해줘.

"좋은 차네."

나는 조수석에 올라타 최대한 조심스럽게 문을 닫았다. 내 월급으로는 소형차를 사는 것도 부담스럽기 때문에 이런 비싼 차는 생각도 해본 적이 없다. 그런 처지라 조금이라도 흠이 생기지 않도록 무조건 조심해야 한다.

"선배, 문 안 닫혔어요."

알았어, 그럼 조금만 더 세게 닫을게.

나는 문을 다시 닫고, 안전벨트를 맸다. 지금은 퇴근 시간으로 거리는 매우 혼잡스러울 것이다. 방콕의 교통체증 속으로 들어가기 위해 마이가 시동을 걸고 준비를 마칠 때까지 얌전히 정면만 바라보고 앉아 있었다.

"음악 들으실래요?"

나는 고개를 끄덕였고, 곧 잔잔한 음악이 흘러나오기 시작했다. 멀뚱멀뚱 차 안을 구경하다가 결국 참지 못하고 몇 가지 질문을 던졌다.

"이거 네 차야?"

"형 거예요. 형이 빌려준 거죠."

그게 더 부담스럽다.

제이드, 너 여기서 아무것도 만지면 안 돼!

"형제가 어떻게 되는데?"

"둘이에요. 형이랑 저. 선배는요?"

"셋이야. 형이랑 여동생이 있어."

"부럽네요. 전 동생이 있었으면 했거든요. 몇 살 터울이에요?"

"형인 젯은 이제 서른이야, 작년에 결혼했고. 여동생인 젠은 불행한 스물다섯이지. 20대 중반이 되면 늘 불운에 시달린다는 말, 알아?"

"네, 들어봤어요. 나이 차가 많지 않은 게 부러워요. 전 형이랑 열 살이나 차이 나거든요."

마이와의 대화는 마치 방콕의 기나긴 교통체증처럼 오랫동안 이어졌다. 나는 그와 만난 지 하루밖에 안 되었는데도 대화하는 게 아주 편하다는 것을 깨달았다. 그는 항상 미소를 짓고, 내가 말하는 모든 이야기에 관심을 보였으며, 이야깃거리가 될 만한 대화 주제를 잘 이끌어냈다. 그렇게 멍석을 깔아놓으니 내 수다스러운 성격이 발동해버리는 바람에 쉬지 않고 이야기해버렸다. 고속도로에 들어서면서부터는 마이가 4년 동안 함께 일한 내 동료들보다도 나에 대해 더 많이 알게 됐을 정도다.

마이의 대화 스킬은 꽤 특별하다. 내 생각에 이 아이는 여자들을 꼬시는 데 능숙할 것 같았다. 여자친구가 없다는 게 도저히 믿기지 않았다.

"마이, 솔직하게 말해봐. 진짜 여자친구 없어?"

나는 빨간 신호등 앞에 정차한 틈을 타서 다시 한번 물었다.

"없어요, 진짜로."

그는 내가 자신의 말을 믿지 않는다는 것을 알아챈 듯 수줍게 웃었다.

"왜 그렇게 보세요?"

"누가 그 말을 믿겠어? 넌 잘생기고, 좋은 차도 가지고 있잖아. 학교에 있는 사람들은 다 눈 감고 다녀? 아니면 최근에 헤어진 거야?"

"마지막 연애는 12학년 때였고, 대학에 들어온 후로는 계속 혼자예요."

빨간불이 녹색으로 바뀌었다. 마이는 부드러운 목소리로 대답하며 운전을 계속했다.

"사실, 최근까지 연애에 대해 별로 생각해본 적이 없어요."

그가 나를 마주 보는 순간 그의 눈빛이 환하게 밝아지는 것을 알 수 있었다. 그의 말과 그 눈빛…. 나는 눈을 가늘게 떴다.

아! 그래, 데자뷰.

없었지만, 이제 생겼다는 거지?

나는 숨을 고르며 아주 옛날부터 해왔던 똑같은 레퍼토리의 대화를 준비했다. 내 경험상… 지금이다. 그가 나에게 으아에 대해 물어볼 시점이.

"그럼… 선배는 연애 중이세요?"

"아니. 지금 으아는…."

잠깐.

잠깐만!

혼란스러워졌다. 나는 그의 질문을 머릿속으로 계속해서 되뇌었다.

방금 누구에 대해 물어본 거야?

"질문이 뭐였어?"

"선배는 연애 중이시냐고 물었어요."

지금도 그가 짓는 미소는 장난기 하나 없이 언제나처럼 예의 바르다.

"아, 어… 아니."

나는 이 간단한 대답을 하기까지 꽤 오랫동안 바보처럼 앉아 있었다. 한참 뒤에야 마이가 부드럽게 웃는 소리를 들은 것 같았다. 아니면 라디오에서 흘러나오는 음악 소리를 착각했나?

마이는 그 후로 아무 말도 하지 않았다. 나도 너무 말을 많이 한 것 같아서 침묵을 지켰고, 차 안의 정적을 덜어줄 부드러운 음악 소리만 들렸다.

나는 그에게 내 콘도 근처 시장에 내려달라고 부탁한 다음 자전거를 타고 갈 계획이었지만, 마이는 콘도 앞까지 데려다주겠다고 고집을 부렸다.

넌 정말 멋진 녀석이야.

내가 또 다른 20바트를 절약하게 해주다니.

"저쪽에 내려주면 돼. 바로 걸어서 들어가면 되니까."

나는 마이에게 콘도 입구 보도에 내려달라고 했고, 마이는 몸을 기울여 창밖으로 건물을 살폈다.

"여기 사세요?"

"응."

"정말 우연이네요. 제가 사는 콘도는 바로 길 건너편에 있어요."

그는 길 건너편, 내가 사는 건물에서 그리 멀지 않은 콘도를 가리켰다.

"아, 정말이네. 아무튼 태워줘서 정말 고마워. 내일 보자."

"보통 몇 시에 출근하세요?"

내가 안전벨트를 풀고 차에서 내리려는데 마이가 갑자기 물었다.

"6시 30분에 출발해. 그거보다 늦으면 줄이 엄청 길어지거든. 왜?"

"저랑 같이 가요. 제가 데리러 올게요."

"잠깐, 잠깐. 잠깐만. 아니야, 괜찮아."

난 즉시 거절했다. 이 꼬마가 날 집에 데려다주는 것만으로도 충분히 기분이 이상한데, 이제 직장에 데려다주기까지 한다고? 내가 돈이 없다고 농담 삼아 자주 투덜거리긴 하지만, 그렇다고 그런 욕심을 부릴 정도는 아니다.

"그렇게까지 신경 써줄 필요 없어. 아침에 나 기다리지 말고 그냥 각자 가면 돼."

"별일도 아니에요. 바로 건너편에 살고 있잖아요. 줄 서느라 시간 낭비하시지 말고 저랑 같이 가요."

"하지만…."

"같이 가요. 저 유턴도 할 필요 없어요. 어차피 이쪽으로 지나가는 길이니까, 걱정 안 하셔도 돼요."

마이가 나를 구슬렸고, 나는… 넘어갔다.

잠시 머뭇거리며 고장 난 것처럼 버벅거리다가 고개를 끄덕이고야 말았다.

"어…. 그럼, 고마워."

"좋아요, 그럼 아침에 연락할 수 있게 전화번호 알려주세요."

그는 나에게 자신의 휴대폰을 건네주었고, 나는 얌전히 내 번호를 눌렀다.

마이는 휴대폰을 돌려받고 내게 전화해 자신의 번호를 남긴 뒤, 싱긋 웃어 보였다.

"아침 7시에 데리러 올게요, 괜찮죠? 전화할게요."

"그, 그래. 이제 갈게."

"내일 봬요."

그는 한 번 더 정중하게 작별 인사를 했다.

나는 차에서 내려 고급 승용차가 출발하는 모습을 지켜보았다. 잠시 후 생각에 잠긴 채 건물 안으로 들어서다가 눈살을 찌푸렸다.

오늘 만난 사람한테 이렇게나 친절하게 대하는 건… 너무 성급한 거 아닌가?

마이는 목적을 이루기 위해 먼저 나와 가까워지려고 한다. 그래서 내가 좋아하는 것과 싫어하는 것을 파악하고, 집에 데려다주고 하는 이 모든 수고를 하고 있다. 그래야 언젠가 그의 연애에 도움이 필요하면 나에게 부탁할 수 있을 테니까.

역시, 난 다 알고 있어.

제이드, 넌 정말 천재야!

발군의 추리력을 발휘해 상황을 정확하게 꿰뚫었다고 생각하니 몹시 뿌듯했다. 그의 계획을 어떻게 모르겠는가. 나는 10년 넘게 이런 상황을 수없이 겪어왔다. 미들맨의 도움을 원하는 많은 사람들은 한 치의 오차도 없이 그렇게 행동했다. 분명 앞으로 하루 이틀 안에 마이는 나에게 으아에 대해 물을 것이다. 그 후에는 으아의 번호를 물어보거나, 직접 나에게 조력자가 되어달라고 부탁할 것이 틀림없다.

네가 아무리 잘났어도, 이 제이드를 속일 순 없지.

나는 방에 도착하자마자 소파에 몸을 던진 다음 휴대폰을 들고 마이의 번호를 저장했다. 그러자 곧 그의 라인 프로필이 동기화되어 팝업됐다. 그의 프로필 사진은 그가 카메라를 등지고 있는 스타일리시한 느낌의 흑백 사진이었다.

뒷모습만 봐도 멋지네….

아니, 내 말은… 신이 너무 편파적이라는 거다.

휴대폰을 내려놓고 천장을 보다가 행복하게 눈을 감았다.

와, 이거 좋다. 나 이렇게 무임승차로 돈을 더 절약할 수 있잖아!

＊＊＊

요 며칠 사이에 내 생활은 정말 윤택해졌다. 마이가 약속한 대로 매일 나를 데리러 오기 때문이다. 덕분에 평소보다 30분이나 더 잘 수 있었다. 3일에 한 번꼴로 고장나버리는 지상철을 타고 빽빽한 사람들 사이에 끼어 다닐 필요가 없었다.

심지어 업무적으로도 마이는 이미 훌륭해서 가르칠 게 별로 없었다. 그에게 일을 주고, 몇 가지 조언만 해주면 그는 그일을 곧바로 척척 끝냈다. 그의 작업은 내가 수시로 확인할필요가 없을 정도로 매우 정확하고, 훌륭했다. 마이 덕분에나는 우리 사무실에서 가장 행복한 사람이 된 것 같았다.

으아에게 이 아이를 나에게 줘서 고맙다고 뽀뽀를 백 번쯤해주고 싶다. 그날 이후 나는 으아에게 마이를 다시 데려가기엔 늦었다고 선언했다. 어차피 내가 놓아주지 않을 테지만.

으아에게 약속을 지키지 않으면 넌 다음 생에 개로 환생할것이라고 저주를 덧붙였고, 그는 나를 잠시 쳐다보더니 짧게한마디만 했다.

"멍청이."

….

기분은 좀 상했지만, 그래도 으아가 마이를 돌려달라고 하지 않아서 기뻤다. 마이가 다른 사람을 돕겠다고 나를 버린다면, 그건 그냥 내버려둘 수밖에 없겠지만.

오늘은 마이의 인턴 교육이 시작된 이후로 내가 야근을 해야만 하는 첫날이다. 바스 선배가 나에게 가능한 한 빨리 끝내야 하는 일을 뒤늦게 주었기 때문이다. 연례 세일 포스터를 디자인하는 것이었는데, 사실 이 일은 또 다른 선배인 몽콘의 업무였다. 그는 마이가 처음 온 날 이미 하루를 쉬어놓고도 이번에 또 이틀이나 쉬고 있다. 심지어 휴대폰도 꺼놨다. 어차피 그가 이 시간에 돌아올 것 같지도 않고, 포스터는 다가오는 자정까지 웹사이트에 올려야 한다.

자, 그럼 그 일을 누가 해야 할까.

바로 나다.

바스 선배를 비난하려는 건 아니지만, 오늘 하루 종일 시간이 있었는데 왜 퇴근 시간이 다 되어서야 이 일에 대해서 말한 걸까. 내가 왜 진작 말하지 않았느냐고 묻자 선배는 아무렇지도 않게 대답했다.

"미안, 제이드. 할 일이 많아서 잊어버렸어."

이봐요, 선배님. 너무 성의 없는 이유잖아요!

치매 예방을 위해 선배 생일엔 오메가3랑 징코 캡슐 영양제를 챙겨줘야겠다.

그나마 다행인 건 오늘은 나 혼자 고생할 필요가 없다는 점이다.

킹도 회사 웹사이트에 발생한 트러블을 해결해야 해서 오늘은 야근 모드다. 적어도 사무실의 유령들이 나를 놀래켜 심장마비를 일으키진 않을까 두려워할 필요는 없게 되었다. 우리 사무실에 떠도는 귀신 이야기가 있는데, 한 번도 본 적은 없지만, 오히려 보이지 않기 때문에 더 무섭다.

좋아. 내가 귀신 때문에 쇼크로 쓰러지면, 최소한 병원에 데려갈 사람이 함께 있어.

"마이, 오늘은 먼저 가도 돼. 난 야근이야."

나는 다른 직원들이 퇴근 준비로 가방을 싸기 시작하는 걸 보며 말했다.

마이가 몸을 기울여 내가 수정하고 있는 이미지를 쳐다보았다.

"아직 할 일이 많아요?"

"이거 세 개 더 있어. 8시나 9시 정도면 끝날 거야. 조심해서 들어가."

"제가 도와드릴까요?"

나는 고개를 저었다.

"네가 왜? 얼른 가. 내 일인걸."

"한 명이라도 더 있으면 빨리 끝나잖아요."

나는 좀 혼란스러워서 눈을 몇 번이나 깜박였다. 마이는 내 옆에 가만히 서 있었고, 절대 물러서지 않을 것 같은 얼굴이었다.

아, 알겠다.

으아가 아직 남아 있어서구나.

두 사람은 지난 며칠 동안 꽤 많은 대화를 나누었을 테고, 확실히 으아와 더 오래 있고 싶어 하는 것이 분명했다.

"제가 도울 수 있게 해주세요."

"좋아, 그럼… 좀 도와줘."

결국 난 그의 도움을 거절하지 않았다.

마이는 얼굴에 다행이라는 미소를 띠고 의자에 앉아 일할 준비를 했다. 나는 작업에 열중하느라 여긴 거들떠도 안 보는 으아를 흘끔거리며 씨익 웃었다.

역시! 내가 이렇게 똑똑하지 않으면 마이가 나에게 그렇게 잘해주는 목적을 눈치채지 못했을 것이다. 말했듯이 나는 누군가의 사랑에 훼방이나 놓는 무정한 사람이 아니다. 마이는 좋은 아이니까 그를 도울 수 있는 일이 있다면 반드시 도울 것이다.

이 아이는 나 같은 미들맨에게도 진심을 다하는 사람이다. 만약 그에게 애인이 생긴다면, 그는 분명히 상대를 신처럼 떠받들 것이다. 물론 그가 원하는 것을 얻고 나면 나는 더 이상 신경 쓰지 않게 되겠지만…. 그렇게 된다면 정말 어느 때보다도 실망스러울 것 같다.

그런 생각이 드니 고개가 슬며시 숙여졌다. 나에게 잘해주었던 모든 사람들은 그들이 원하는 것을 얻은 후에는 언제나 그랬듯 내 삶에서 사라졌다. 어떤 사람들은 나를 전혀 모르는 사람인 것처럼 대하기도 했다.

좀 우울하네….

그들에게는 내가 그저 도구였기 때문에, 모든 것이 해결되고 나면 그때마다 나는 그냥 버려지는 것이다.

"마이, 정말 남을 거야?"

킹의 목소리가 나를 어두운 잡념에서 깨어나게 했다. 나는 킹의 질문에 이어지는 마이의 대답을 들으며 다시 작업에 집중했다.

"네, 남을 거예요."

"멋진 녀석이네. 혹시 코딩하는 법 알아? 버그 수정하는 거 도와줄 수 있어?"

"아… 코딩은 전혀 몰라서…. 죄송합니다."

"조용히 네 일이나 해. 내 인턴 건드리지 말고."

킹은 혀를 차더니 조용히 일하고 있는 으아를 보았다.

"입이 있는데 어떻게 말을 안 해? 신은 말을 하라고 입을 만들어준 거지, 누구처럼 하루 종일 다물고 있으라고 만들어준 게 아냐."

"내가 조용히 있는 게 너랑 무슨 상관이야?"

으아가 곧장 차갑게 받아쳤다.

킹은 그제야 만족스러운 표정으로 히죽히죽 웃고는 다시 일을 하러 갔다. 때때로 그의 이런 모습은 나를 혼란스럽게 했다.

왜 그렇게 으아에게 시비 거는 걸 좋아하는 걸까?

너 설마… 마조히스트?

으아의 짜증을 돋우는 일이 그렇게 행복해?

암만 생각해도 진짜 이상한 놈이다.

"아예 새로 만들까요, 아니면 선배 초안을 사용할까요?"

"밝은 톤의 배경으로 새로 만들어줄 수 있어? 이미 어두운 톤은 사용했거든."

그는 순순히 고개를 끄덕이고 일을 시작했다. 나도 내 일로 돌아왔다.

* * *

마이가 열심히 도와준 덕분에 작업은 생각보다 빨리 끝났고, 우리는 정확히 7시 30분에 컴퓨터를 껐다. 처음에는 으아의 일도 마무리하는 걸 도와주려고 했지만, 거의 끝났다고 해서 마이와 먼저 사무실을 나왔다. 다행히 이대로 집에 돌아가도 아직 배달 서비스를 이용할 수 있는 시간이라 굶지 않아도 될 것 같았다.

하지만 여전히 조금 걱정스러운 마음에 킹과 으아만 남은 사무실을 자꾸만 돌아보았다. 일이 끝날 때까지 서로를 죽도록 화나게 해서 꼴딱 숨넘어가는 일 없이 잘 지내면 좋겠다.

"이렇게 야근하는 일이 자주 있어요?"

엘리베이터를 타고 내려가는 동안 마이가 물었다. 엘리베이터 안에는 우리 둘뿐이었고, 그와 나란히 서 있는 내 머리는 마이의 코 높이에 겨우 닿았다. 나도 어렸을 때 우유 많이 마셨는데 왜 이 남자만큼 키가 크지 않았을까. 이래서야 어떤 여자가 나한테 관심을 갖겠냐고.

"랜덤해. 정말 급하게 해야 하는 일이 있으면 여기서 자기도 하는데, 그런 일은 엄청 가끔이야. 그리고 보통은 이 시간쯤이면 퇴근해. 진짜 늦어봐야 10시나 11시 정도?"

"밤늦게 돌아가는 거 무섭지 않으세요?"

나는 주차장으로 걸어가면서 웃었다.

"무서워할 게 뭐 있어? 돌아가는 길에 가로등도 많고. 늦게 가는 게 오히려 좋아. 길도 안 막히니까 집에 빨리 도착할 수도 있고, 사람들 틈바구니에 끼어 스트레스받을 일도 없고. 그리고 난 남자야. 어두워졌다고 해서 남자인 날 누가 덮치겠어?"

"남자라고 해서 위험하지 않은 건 아니에요. 나쁜 인간들이 사람을 골라서 해치는 건 아니니까요."

그의 깊고 부드러운 목소리가 꽤나 단호하게 들렸다. 왠지 어린아이를 혼내는 선생님의 목소리 같았다. 그의 표정도 점점 심각해져서 나도 모르게 당황했다.

내가 뭐 잘못 말했어?

왜 그런 표정인 거야?

"다음에 이렇게 늦게까지 있을 거면 차라리 사무실에서 자는 게 좋을 것 같아요. 선배 집 주변은 너무 인적이 드무니까."

나는 그의 말에 동의하진 않지만 일단 고개를 끄덕였다. 솔직히 그것보다 더 큰 문제는 우리 집엔 확실히 귀신이 없지만, 사무실엔 뭐가 있을지 알 수 없다는 거였다.

내가 귀신을 발견하고 꼴사납게 사무실에서 오줌이라도 싸면 어떡해!

* * *

"선배."

조용히 운전만 하던 그가 나를 불렀다.

"응?"

"교수님이 부르셔서, 이번 주 금요일에 오전 반차를 내기로 했어요. 바스 선배에게는 말했는데, 선배한테도 말하라고 했거든요."

"아, 응. 괜찮아. 그러지 말고 그냥 하루 쉬는 게 어때? 학교 갔다가 회사로 다시 오기 힘들잖아."

"아뇨, 괜찮아요. 차라리 일하러 오는 게 낫죠."

그가 웃으며 대답했다.

휴!

사랑에 빠진 사람들은 정말 드라마틱하구나. 단 하루라도 으아를 보지 않으면 견디기 힘든 걸까?

"그럼 네 맘대로 해. 네가 그게 좋다면, 괜찮은 거지. 근데 처음에만 그럴걸. 졸업하고 진짜 직장인이 되면 출근하는 게 그렇게 즐겁지만은 않을 거야."

나는 내 경험을 토대로 그에게 충고해주었다. 처음에는 혼자 힘으로 일해서 돈을 번다는 것이 신나고 뿌듯했지만, 일주일 정도만 지나도 그냥 소파에 누워 여유롭게 뒹굴거리고만 싶어진다.

하지만 일하지 않으면 돈이 없다. 부자 부모를 둔 사람들을 제외하면 누구나 인생은 그런 것이다.

"하지만 사무실에 보고 싶은 게 있다면, 회사에 가고 싶을 거예요."

마이는 나를 바라보며 밝게 웃었다.

…정말 나쁜 아이다.

나는 그가 항상 이런 식으로 사람들과 시시덕거리며 여자든 남자든 헛된 희망을 주는지 궁금해졌다. 만약 그가 사무실에 있는 여자들에게 이런 말을, 이런 얼굴로 한다면 그들은 아마 얼굴이 붉어진 채로 기절할 것이다. 방금 나도….

"네네, 우선 해보세요. 내가 관심 있는 건 월급뿐이야."

그가 또 웃었다. 이야기를 나누다 보니 불편한 분위기가 사라졌고, 교통체증도 없어서 비교적 빨리 콘도에 도착했다.

마이는 건물 앞에 정차했고, 나는 차 문을 닫으면서 작별 인사를 했다.

"선배."

문이 닫히기 직전, 그가 나를 불렀다.

"어?"

"내일도 7시요."

"응, 알아. 너 항상 정확히 그 시간에 오잖아. 내일 보자."

"잠깐만요."

나는 그대로 서서 그가 무슨 말을 하려는 건지 알 수 없어 눈썹을 살짝 치켜떴고, 그는 그런 나를 보면서 따뜻하게 미소 지었다.

"잘 자요."

"아, 고마워."

나는 문을 닫고 그가 차를 몰고 떠나는 걸 지켜보다가 로비로 들어왔다.

그와 일주일을 보냈고, 그가 정말 예의 바른 사람이라고 생각한다. 또한 겉치레를 하지 않는 사람이기도 하다. 그가 허세를 부리는 사람이었다면, 벌써 진짜 모습이 드러났을 것이기 때문이다. 마이는 늘 진중해 보였고, 내 친구에게 다가가고 싶어 했던 그 어떤 사람보다도 훌륭하다.

100점 만점에 70점이다. 나머지 30점은 그가 으아에게 얼마나 잘하는지 지켜보고 매겨야겠지만, 마이가 나에게 하는 것을 보면 전혀 걱정할 필요가 없을 것 같았다.

근데….

나는 우리의 마지막 대화를 떠올리고 다시 혼란스러워졌다.

보통 좋아하는 사람의 친구에게도 잘 자라고 인사해…?

04
히어로는 이러면 안 돼

다음 날 아침, 서둘러 출근 준비를 했다. 어젯밤 사무실에 으아와 킹을 단둘이 남겨두었기 때문에, 그들이 아직 멀쩡하게 살아있는지, 결국 서로 물고 뜯고 사달을 내고야 말았는지 빨리 알고 싶었다.

콘도 로비를 지나 주차장으로 이동했고, 요 며칠 당연하다는 듯이 그곳에 주차되어 있는 검은색 BMW를 발견했다.

"좋은 아침이에요."

조수석에 앉자 마이가 먼저 인사를 건넸다.

그는 매일 입는 깔끔한 교복만큼이나 반듯한 분위기를 풍기고 있었다. 그리고 나는 이런 그의 완벽한 자태에 감탄하지 않을 수가 없다.

"매일 넥타이까지 매고 출근할 필요는 없어, 알지?"

나는 우리 회사가 너덜너덜한 찢어진 티셔츠나 팬티 한 장만 입고 오는 게 아니라면 복장에 대해 어떤 룰도 없는 자유로운 회사라는 것을 다시 한번 알려주었다.

"이게 익숙해서요. 학교 밖이어도 단정한 모습이고 싶어요."

음, 그렇다면 내가 그에게 줄 수 있는 것은 마른 미소뿐이다. 나의 대학 시절을 돌이켜보면, 나는 신입생 환영회와 시험을 보는 날 외에는 넥타이를 매어본 적이 없다. 평상시엔 셔츠도 깔끔하지 않았다. 심지어 어떤 날은 벨트도 안 했다. 난 정말이지 여기 내 옆에 있는 완벽한 남자에 비하면 아무것도 아니었다.

근데… 그게 정상 아냐?

기숙사에 살던 학생들은 모두 나와 똑같았다. 침대에서 기어 나와 수업을 듣는 것만도 이미 충분히 힘든 일이었으니, 제대로 옷을 차려입는 건 더 어려운 일이었다. 그러니 마이가 특이한 것이다, 내가 이상한 게 아니라.

나는 그의 각 잡힌 교복 차림에 대한 이야기를 그만 접어두고 사무실로 가는 내내 아무 이야기나 했다. 그리고 회사 건물에 도착해서는 사람들로부터 내 두 명의 절친에게 전해달라는 선물을 받아 사무실로 가져갔다. 마침내 도착한 사무실 내부가 깨끗하게 정돈되어 있는 것을 보니 마음이 놓였다.

좋아, 어젯밤에 살인 사건은 일어나지 않았어.

"매일 많은 사람들이 으아 선배와 킹 선배에게 선물을 주시네요."

마이는 내가 책상 위에 물건을 우르르 쏟아 올려놓는 것을 보고 말했다.

오늘 아침 킹과 으아는 여전히 그들에게 계속해서 플러팅을 시도하는 직원들로부터 아메리카노나 초콜릿퍼지케이크 같은 것들을 받았다.

나는 마이에게 이건 그냥 일방적으로 스쳐 지나가는 선물일 뿐이라고 알려주었다. 내 친구들은 그것이 무엇이든 간에 진심으로 받거나, 또는 그 대가로 그들과 만나지는 않을 것이기 때문이다. 하지만 어쨌든 나는 누구의 관계도 방해하지 않았다. 그리고 너무 참견하지도 않는다.

"응, 그 둘이 우리 회사 인기남이거든. 관심 있는 사람들이 많아. 근데 둘 다 회사 사람은 만나고 싶지 않다고 하니, 별의미 없는 선물일 뿐이지."

나는 건조한 어조로 대답했다. 그들이 좀 불쌍했다. 답이 없는 일방적인 선물은 돈 낭비나 다름없으니까.

언젠가 한 선배에게 으아는 누구도 만나고 싶어 하지 않는다고 언질을 주었지만, 그는 쓸데없는 참견 말라며 발끈했다. 그 선배는 이미 회사를 관뒀지만, 그 일을 생각하면 아직도 너무 무안하다.

"왜요?"

마이의 물음에 나는 자리에 앉아 컴퓨터를 켜면서 대답했다.

"공사는 구분해야 하니까, 일과 사랑을 분리하는 거지. 킹은 회사에서 일을 하는 데 진지한 관계는 방해만 될 거라고 싫대. 으아도 마찬가지이고. 다른 사람들이랑 함께 일을 해야 하는 공간에서 연애를 하고, 그 일로 다른 문제를 일으키거나 이별을 해서 모두에게 폐를 끼치게 될 테니까. 게다가 그 둘은 누구에게도 반하지 않는 것 같아. 마음보다는 머리가 먼저인가 봐."

그러고는 서둘러 마이의 마음이 상하지 않도록 덧붙였다.

"그래도 인턴이라면 괜찮을 거야. 사무실에 있는 건 잠시뿐이니까."

"선배는 어때요?"

나는 그에게 대답을 하기 전에 잠시 생각했다.

"글쎄… 모르겠어. 내가 누군가를 좋아한다면…. 좋아하는 데 그런 걸 통제할 수 있을까? 난 그런 일엔 좀 무심한 편이야. 아니면 내가 좀 더 주의를 해야 하나?"

"아뇨, 선배 말에 동의해요. 그런 걸 억지로 강제할 수는 없죠."

마이는 어쩐지 행복해 보였다. 눈이 반달 모양으로 활짝 접힐 정도로 웃었다. 꽤 희망적인 상황이라고 보는가 보다.

인턴십이 끝나기 전까지 그와 으아가 연결되도록 도와주자. 으아가 좀 권위적이긴 하지만, 이 아이는 너무 좋은 사람이니까… 으아가 관심을 가질 수도 있다.

솔직히 일주일 정도 함께 지내다 보니, 마이가 잘생겼을 뿐만 아니라 인품도 흠잡을 데가 없다는 걸 알게 됐다.

어떻게 그럴 수 있지?

인간이라면 결점 하나쯤은 있어야 하지 않나?

그 때문에 지금 시점에서 마이는 나한테 거의 신과 같은 존재가 되었다. 킹은 화끈하지만 입이 너무 험하고, 으아는 예쁘지만 사교성이 전혀 없다. 하지만 마이에게는 그런 것이 전혀 없다.

너무 완벽한 것도 결점인가?

"오늘 초콜릿케이크야? 예스! 단거 땡겼는데."

때마침 등장한 킹은 우리에게 인사도 하지 않은 채 바로 책상 위에 있는 케이크 상자로 손을 뻗었다. 나는 그런 킹에게 다가가 그의 손에서 포크를 빼앗았고 우선 한 입 먹은 뒤, 대화를 시작했다.

"근데… 어젯밤엔 어땠어?"

"어젯밤?"

"으아랑 말이야. 싸운 건 아니지?"

"아, 으으음…."

그가 말을 질질 끄는 동안 으아가 현장으로 걸어 들어왔다. 그를 발견한 킹이 유난히 큰 소리로 대답했다.

"아주 좋았지. 어젯밤에 우린 아주 잘 지냈어, 그렇지?"

으아는 가방을 책상 위에 올려놓고는 무슨 이유에서인지 몇 초간 멈췄다가 다시 평소처럼 아무렇지도 않게 대답했다.

"아마."

킹은 킥킥거리며 다시 행복하게 초콜릿퍼지케이크를 먹었고, 나는 그들을 바라보며 한숨을 쉬었다.

보아하니, 이 경우라면… 절대 좋았던 게 아니다. 언제쯤 이들은 소모적인 싸움을 멈출까? 아무리 절친인 나라도 이들 사이를 중재하는 역할에 지쳐간다.

나는 다시 내 책상으로 돌아와 일에 빠져들었고 어느새 오전 9시가 다 되었다. 이 시간이 되어서야 몽콘 선배가 가벼운 발걸음으로 사무실로 들어왔다. 그런 그의 모습은 확실히 내 신경을 건드렸다.

"아, 몽콘 선배! 난 선배가 회사 그만둔 줄 알았는데."

이건 내가 아니라 킹의 목소리다. 그의 입은 웃고 있지만 눈은 전혀 그렇지 않았다.

"무슨 소리야, 당연히 와야지. 벌써 이틀이나 휴가를 냈잖아. 제이드, 내가 없는 동안 네가 내 일을 해줬다며? 고마워.

우리 강아지가 갑자기 아파서, 너무 당황해서 휴대폰 확인도 못 했지 뭐야. 동물병원에서 나올 땐 이미 늦었더라고."

몽콘 선배는 내 어깨를 툭툭 두드리며 킹에게 대답했다.

그의 사과도, 감사도 전혀 진심으로 들리지 않았다.

"괜찮아요. 선배네 개는 이제 괜찮나 보네요."

나는 최대한 감정을 억누르며 말했다.

사실 이런 일이 처음도 아니었다. 우리의 몽콘 선배님은 본인의 일을 내다 버리는 데는 항상 1등인 사람이다. 그가 일하러 온 날을 셀 수 있을 정도다. 그에게는 자신의 일을 남이 해야만 하는 수천 가지 변명거리가 있었는데, 아내와 싸우거나, 아이가 가출하거나, 할머니가 쓰러지시거나, 이번처럼 개가 아프거나 하는 것들이다.

아주 대단도 하셔.

이번에 그는 개가 아파서 사라졌단다. 휴대폰을 잠시도 확인할 수 없을 정도로 강아지 우리에 매달려 울부짖고 있었나 보지. 강아지에게 그렇게나 목을 맨다면, 그냥 아예 회사를 관두고 영원히 옆에 붙어 있는 게 어떠냐고 묻고 싶다.

이런데도 불구하고 그가 해고되지 않는 이유는, 그가 사장님의 사촌이기 때문이다. 그래서 그 누구도 뭐라고 할 수가 없다. 우리의 우두머리자 부서 관리자인 바스 선배조차 마찬가지다. 게다가 그를 제외한 모두가 사무실 안에서 서로를 가족처럼 챙겼기 때문에 괜히 분란을 일으켜 불편한 분위기를 만들고 싶어 하지 않았다.

그렇다. 그는 이 행복한 사무실의 물을 흐리는 미꾸라지나 다름없다.

"너 또 아무 말도 안 했어."

내가 인쇄기 앞에서 복사를 하는 동안 으아가 조용히 다가와 말했다.

그는 내가 몽콘 선배에게 아무 지적도 하지 않는 것을 못마땅해했다. 선배가 이제 와서야 왜 자신에게 묻지도 않고 마이의 자리를 정했는지 불평하던 것은 말할 것도 없었다.

결국 마이는 몽콘 선배 옆으로 자리를 옮겨야 했다. 그는 자신이 마이를 가르치기 수월하도록 가까이 있어야 한다고 주장했고, 나는 으아 옆에 앉게 되었다.

하, 가르쳐? 핑계도 좋아.

선배는 그냥 마이에게 편하게 일을 시키고 싶은 것이다.

"선배는 사장님 사촌이잖아. 내가 뭘 할 수 있겠어? 난 해고되고 싶지 않아."

나는 솔직하게 대답했다.

이용당하는 것을 좋아하지는 않지만, 살다 보면 항상 우리보다 유리한 위치에 있는 특권층의 사람들을 만나게 된다. 하지만 난 그저 계속 묵묵히 견디며 살아나가야 하는 부류의 사람이다. 목숨을 걸고 절벽에서 뛰어내리라는 요구만 아니라면, 그저 참고 견뎌야 한다. 물론 때때로 할 수 있는 일이 버티는 것뿐이라는 사실이 슬프긴 하다.

"이런 일이 너무 빈번하잖아. 선배는 항상 너한테 일을 시키고 말야. 넌 그 사람의 노예가 아니야, 제이드. 이 문제에 대해서는 내가 이야기할게."

그는 돌아서서 몽콘 선배에게로 향했다. 나는 다행히 놓치지 않고 그를 붙잡았다.

"잠깐, 잠깐. 내가 바스 선배에게 얘기할게. 그럼 바스 선배가 어떻게든 몽콘 선배와 상담하겠지. 진정해. 내가 할게. 할 수 있어."

으아의 살벌한 눈빛이 조금 누그러졌다. 그는 작게 고개를 끄덕이고는 자신의 책상으로 돌아갔다.

지금 이 순간, 내가 할 수 있는 건 단전에서부터 흘러나오는 깊은 한숨을 내쉬는 것뿐이다. 새삼 직장 생활이 이렇게 어려울 수도 있구나 하고 생각했다.

* * *

오늘은 2주 만에 지상철을 타고 출근하는 날이다. 애정하는 인턴이 아침부터 교수님과 미팅이 있기 때문이다. 역시나

지상철 안은 몹시 붐볐다.

그 며칠 만에 나는 비싼 차의 편안한 좌석에 가만히 앉아 집과 사무실을 오가는 데 익숙해졌다. 오랜만에 가혹한 현실 세계로 돌아오니 한바탕 꿈을 꾼 듯 허탈함을 감출 수 없었다. 하지만 언제가 됐든 결국엔 이렇게 살아야 할 것이다. 마이의 인턴십이 끝날 때까지 기다릴 필요도 없이, 마이가 으아와 연애를 하게 된다면 그 즉시 나는 평소처럼 혼자 살아가야 한다.

그때의 안락함은 환상이었고, 현실은 끝없는 고군분투다.

그리고… 이 빌어먹을 지상철은 오늘도 또 지연됐다! 아우!

"여어, 제이드. 네 운전기사가 자리를 비우자마자 지각인 거야? 한심하네."

입이 험한 나의 친구 킹이 아니라면 이런 말을 누가 할 수 있을까.

그는 의자를 돌려 머리부터 발끝까지 땀으로 범벅이 된 나를 보며 비웃었다. 제때 도착하려고 달려오느라 거의 저세상에 갈 뻔했는데도 5분이나 늦었다. 다음 달 월급은 20바트 삭감이다! 젠장.

"지상철이 또 연착됐다고!"

완전히 지쳐버린 나는 책상을 정리하며 힘들게 말했다.

으아는 헉헉거리는 나에게 주스를 건넸다. 아마도 그가 없는 동안 몰래 책상 위에 올려두고 간, 그를 짝사랑하는 누군 가가 준 음료일 것이다. 나는 얼른 주스를 받아 목을 축이면 서 더위를 식히려고 옷깃을 펄럭여댔다.

"제이드, 오늘 마이 안 와?"

컴퓨터를 켜는 동안 파이 선배가 격앙된 목소리로 물었다.

"오늘 오전엔 학교로 갔어요. 사무실은 오후에 나올 거예요."

"오, 다행이다. 아픈 줄 알았잖아. 그랬으면 오늘 우리 파 티 물 건너가는 거잖아."

"아니에요, 파티는 올 수 있을 거예요."

마이는 벌써 일한 지 2주 가까이 됐고, 우리는 사무실에 서 그리 멀지 않은 식당을 잡아 마이의 환영회를 열기로 했 다. 또한 공교롭게도 오늘은 이번 달의 마지막 날이자 금요일 이다. 그 말은, 우리가 오늘 월급을 받았기 때문에 먹고 마실 여력이 충분하다는 것이다. 음… 어쩌면 월급 탄 첫날에 전부 써버리고 남은 29일 동안은 라면만 먹으면서 생존해야 할 수 도 있다.

나는 쉬지 않고 일을 했고, 12시가 되자 점심을 먹으러 다 녀와서는 넷플릭스를 시청했다. 그리고 오후 1시가 가까워지 자 마이가 깔끔한 교복 차림으로 큰 도넛 상자 두 개를 들고 사무실에 들어섰다.

"도넛을 좀 사 왔어요."

"와! 마이, 내 자기. 넌 정말, 최고야!"

파이 선배가 소리치며 도넛 상자로 달려들었고, 배불리 점심을 먹은 뒤에도 여전히 도넛 먹을 배가 남아 있는 다른 IT 부서 직원들이 합세했다.

상자 안에는 내가 가장 좋아하는 크리스피크림 오리지널 글레이즈드 도넛도 보였다. 아주 아름다운 자태로 놓여 있는 것을 보니 내 눈도 맑아지는 것 같았다.

"선배가 제일 좋아하는 거죠? 많이 드세요."

마이는 부드러운 미소를 지으며 내게 다가와 속삭였다. 나는 그의 말이 무슨 뜻인지 알지 못해 몇 초 동안 눈만 깜빡였고, 마침내 이해했다.

내가 크리스피크림을 좋아한다고 했고, 오늘 그는 도넛을 사 왔다. 그 말은….

'네가 원하는 걸 줬으니, 너도 날 도와라'라는 거지?

나는 도넛을 든 채 살짝 고개를 돌려 일에 매진하느라 도넛은 한 입도 먹지 못하고 있는 으아를 바라보았다. 마이가 그에게 도넛을 가져다주었고, 나는 한 입 가득 도넛을 베어 물며 으아를 몹시 조심스럽게 대하는 마이를 지켜보았다. 그리고 입안 가득 퍼지는 달콤한 맛에 행복하게 눈을 감았다.

디저트는 정말 최고야!

최고의 디저트를 얻어먹었으니 보답으로 오늘 밤 파티에

서 마이가 내 친구와 더 가까워질 방법을 찾아봐야겠다.

* * *

오후 시간은 달팽이처럼 느리게 흘러갔다. 내 마음은 이미 파티에 가 있었기 때문에 한 시간이 열 시간이라도 되는 것 같았다. 다른 사람들도 마찬가지였는지 오후 5시 30분이 가까워지자 모두가 미리부터 가방을 챙겨 자리를 뜰 준비를 했다.

"식당에서 봐. 차 가지고 온 사람은 차 없는 사람 좀 태워가고."

바스 선배가 말했다.

마이가 다가와 내 팔을 쿡 찔렀다.

"저랑 같이 가실래요?"

"그래, 고마워."

"마이, 나도 같이 가도 돼? 나도 멋진 남자가 운전하는 고급차 타고 싶어!"

"선배 남편이 보면 진짜 화낼걸요."

나는 마이를 향해 달려드는 파이 선배를 놀렸고, 그녀는 심술궂은 얼굴로 나를 쏘아보았다. 마이는 그저 부드럽게 미소만 짓고 있어서 그녀가 마이의 팔을 붙들기 전에 사무실에서 데리고 나왔다.

* * *

우리는 6시쯤 식당에 도착했다. 바스 선배가 우리를 위해 노래방도 예약해주었다. 우리는 회식비를 쓰기라도 하는 것처럼 마음껏 음식과 음료를 주문하기 시작했지만, 실상은 우리가 모두 비용을 나눠서 부담해야 하는 거였다. 나는 한두 가지 요리를 주문하고 내 옆에 앉은 마이에게 메뉴판을 건네주었다.

"신경 쓰지 말고, 먹고 싶은 거 시켜."

그러자 마이 옆에 앉아 있던 킹이 그에게 몸을 기대며 나를 비웃었다.

"와우, 여러분! 여기 슈가대디가 등장했어요. 제이드가 먹고 싶은 거 다 시키라는데요?"

킹이 즐거워하며 소리치자, 모두가 한마디씩 거들었다.

"제이드, 나 그럼 안 참는다?"

"고마워, 제이드!"

"오예! 사랑해, 제이드!"

보아라. 이들이 나를 얼마나 사랑하는지.

하!

"복권 당첨되면 살게요. 근데 오늘은 당신들 엉덩이 걷어차이기 싫으면 다 같이 내는 걸로 해요."

나는 킹을 노려보며 가운뎃손가락을 들어 보였다. 킹은 또 아무 짓도 하지 않은 척 행동해서 내 신경을 긁었다.

넌 가만히 있으면 죽기라도 해? 으아 좀 본받아라.

그는 식당에 온 후 한마디도 하지 않고 있었다. 글쎄, 이건 지나치게 조용하긴 하다.

"저도 제 몫을 낼게요. 선배들이 제 몫까지 내는 건 너무 죄송스러워요."

웨이터가 주문을 받고 떠난 뒤 마이가 조심스럽게 말했다.

"죄송해할 필요 없어. 우리 팀에 온 걸 환영하는 거니까. 즐겁게 먹고 마시면 돼."

선배로서, 연장자로서, 돈을 버는 직장인으로서, 우리는 우리의 인턴을 돌볼 의무가 있다. 그리고 그건 막 월급을 받은 이때가 가장 좋다.

인턴에게 몇 번 밥을 산다고 해서 그게 우릴 죽음으로 몰고 갈 리는 없다. 하지만… 방금 우리가 주문한 음식과 맥주를 생각하면 다시 생각해봐야 할 것 같기도 하다.

"마이, 술 좀 마실 줄 알아?"

킹은 마이에게 맥주를 건네며 물었다.

마이는 고맙다고 말하며 잔을 받아 들었고, 한 모금에 반 잔을 들이켰다. 놀랄 일은 아니었다. 나도 대학 때 술을 마시기 시작했으니까.

허세를 부리려는 건 아니지만, 으아와 킹을 포함해 셋 중에서는 내가 술을 가장 잘 마시는 편이고, 맛이 갈 정도로 많이 취한 적도 없다. 아직까지 그 어떤 술도 나를 길바닥에 쓰러지게 만들지 못했고 기껏해야 취기가 조금 오르는 정도였다. 킹조차도 주량으로는 나와 대적하지 않는다. 으아는 술을 잘 마시진 않지만, 본디 단호하고 칼 같은 성정이라 확 가버릴 만큼 취하도록 술을 마시는 경우는 거의 없다. 물론 내가 가장 주량이 세기 때문에 모임 후엔 그들을 택시에 태워 보내는 것도 내 몫이었다. 그마저도 최근에는 파티에서까지 미들맨이 되는 게 싫어 웬만한 술자리는 피하고 있었다.

돈도 절약하고, 만취한 사람들을 안전하게 귀가시켜야 한다는 부담감을 가질 필요도 없는 좋은 방법이다. 그 돈으로 버블티를 살 돈을 모으는 것이 훨씬 낫다.

식사를 시작하고 술이 들어가자 얼마 안 가 바스 선배와 파이 선배가 몸을 휘적휘적 움직이기 시작했다. 바스 선배의 락 스피릿이 모두를 사로잡았고 그가 머리를 앞뒤로 흔드는 동안 파이 선배는 내 앞에서 엉덩이를 흔들며 춤을 추었다. 나는 거기 앉아서 그들을 보며 웃다가 휴대폰을 들고 영상을 찍었다. 이제 그들을 협박할 수단이 생겼다.

선배들, 일할 때 계속 나만 부려먹었지? 이 제이드한테 자꾸 그러면 무슨 짓을 저지를지 모른다는 걸 알게 해주겠어.

이 영상을 꼭 송년회 영상으로 틀어야지!

두 선배의 공연 다음은 건의 차례였다. 이 만취한 프로그래머는 미친 듯이 노래를 불러댔다. 귀청이 나갈 정도로 큰소리로 노래를 했는데, 귀가 먹어버리기 전에 귀를 막고 싶었지만, 그건 너무 무례한 것 같아서 조용히 마이크를 빼앗을 타이밍만 노렸다.

나는 누구를 골라야 할지 주위를 두리번거리다가 바로 옆에 있는 마이를 발견했다.

"여기! 우리 마이를 환영하기 위해 모인 건데, 마이도 노래 한 곡 불러야 하지 않겠어?"

나는 계속 노래를 부르고 싶어 하는 건에게서 마이크를 빼앗아 소리쳤다.

다른 사람들도 기다렸다는 듯이 마이의 이름을 연호하기 시작했는데, 그들이 정말로 마이의 노래가 듣고 싶은 것인지, 아니면 건의 노래에서 벗어나고 싶은 것인지는 알 수 없었다.

"저 노래 잘 못해요."

마이가 나에게서 마이크를 건네받으며 조금 민망한 듯 미소 지었다.

"괜찮아, 건이 노래하는 거 봤잖아. 건의 노래도 들어줬는데 뭐가 문제겠어."

내가 그에게 속삭이자 마이가 결심한 듯 자리에서 일어섰고, 여자들이 신나서 그를 응원했다. 나는 노래방 책을 들고 마이의 팔을 두드렸다.

"어떤 노래 부를 거야?"

"너한테 말 안 해."

응? 나는 마이의 대답에 벙쪘다.

장난치는 거야?

내가 노래 입력하는 걸 도와줄 건데 나한테 말하지 않으면 어떡해?

그리고… 지금 나한테 '너'라고 한 거야?

뭐지 이게?

전혀 예의 바르지 않잖아.

너… 마이너스야.

"어… 나한테 말해주지 않으면 내가 어떻게 노래를 골라줘?"

모두가 잠시 침묵했고, 마이는 웃음을 참기 위해 최선을 다하는 듯한 얼굴로 나를 바라보았다. 아무것도 신경 쓰지 않고 있던 으아조차 나를 물끄러미 바라보았다. 곧 킹이 소리 내어 나를 비웃기 시작했고, 나는 여전히 혼란스러워하며 앉아 있었다.

"제이드, 이 멍청아. 그게 노래 제목이잖아."

그게 노래 제목이라고? 테이블 위의 얼음통에 빠져 죽고 싶을 만큼 부끄럽다. 하지만 침착해, 제이드!

마이가 나한테 장난칠 타입이 아니라는 걸 알았어야 했는데….

그런 제목의 노래가 있는 걸 내가 어떻게 알아!

난 음악을 즐겨 듣는 편이 아니라고. 내 잘못이 아니라고!

나는 책만 뚫어져라 내려다보며 그 노래의 번호를 찾으려 노력했고, 주위의 웃음소리는 애써 무시했다. 마이가 노래하는 무대로 올라가자 킹이 내 옆으로 옮겨 왔는데 그는 너무 웃는 바람에 눈물까지 찔끔거렸다. 나의 바보짓에 으아까지 슬며시 웃고 있었다.

이 나쁜 놈들아!

전주가 흐르기 시작하자, 마이는 노래를 부르기 전 멋진 미소를 발산하며 우리 앞에 섰다. 그리고 곧 이어진 그의 깊고 차분한 목소리에 나는 숨을 들이켰고, 여자들은 비명을 질러댔다.

노래 잘 못한다고 하더니, 이게 잘하는 게 아니면, 우리 노래는 노래가 아니라 그냥 짖는 거라고 해야 할 것이다.

나는 턱을 받치고 물끄러미 잘생긴 청년을 바라보았다. 그는 또 다른 잘생긴 순간을 보여주고 있었고, 나는 이제 조금 지칠 정도였다.

이 남자는 완벽하다. 잘생기고, 키도 크고, 부자에, 예의도 바르다. 게다가 좋은 차도 가지고 있고, 공부도, 일도 잘한다.

그리고 지금은… 노래도 잘한다.

할 줄 모르는 건 없는 거야?

신이 이렇게나 한 사람을 편애하면 안 되는 것 아닌가.

나 당신에게 더 가까이 다가가고 싶어요.

우리가 만난 이후로 그랬어요.

당신 곁에 있으면 가슴이 떨려요.

당신이 이곳에 왔을 때부터요.

내 모든 꿈은 당신으로 가득 차 있어요.

노래를 들으니 알겠다. 들어본 적 있는 노래인데 제목을 몰랐다.

가사가 절절하게 와닿는 사랑 노래. 마이는 누군가를 위해 특별히 이 노래를 고른 것이 분명했다. 나는 그가 우리 쪽을 바라보는 모습을 보고 더욱 확신했다.

지금 말하면 너무 이른 건 아닐까요?

그게 당신을 우울하게 할지도 몰라요.

당신이 거절한다면, 당신이 떠나버리면,

돌이킬 수 없을 거예요.

거봐. 마이는 또 이쪽을 보고 있잖아.

그는 으아를 위해 이 노래를 부르고 있지만, 내 친구 으아는 조용히 맥주만 마실 뿐이다. 이 남자가 자신에게 반했다는 사실조차 전혀 모르고 있다.

하지만 이 제이드는 관찰력이 뛰어나기 때문에 알고 있지.

난 명탐정이니까.

모든 것이 내 시야 안에 들어와 있다.

으아는 언제쯤 깨닫게 될까? 마이가 안쓰럽다.

"그래픽 디자이너가 아니라 연예인이 됐어야 하는 거 아냐?"

마이가 노래를 마치고 테이블로 돌아오자 킹이 말했다.

마이는 웃으며 맥주를 한 모금 마셨다.

"그렇지 않아요. 그리고 전 이렇게 지내는 게 좋아요."

"노래 잘 못한다고 했잖아. 거짓말한 거야?"

내 말에 마이의 눈이 반짝였다. 음… 얘 좀 취한 것 같다.

"마음에 들어요?"

"그럼, 물론이지. 천상의 목소리던걸. 너도 좋았지, 으아?"

"그래, 좋았어."

마이는 환하게 웃었고, 맥주를 한 모금 더 마셨다.

킹과 마이가 속삭이며 잔을 부딪치는 모습을 보고 나는 안도의 한숨을 쉬었다. 으아가 마이를 칭찬해줘서 기뻤다. 으아가 그에게 아무 감정도 느끼지 않았다면, 그는 무례하지 않을 정도로 고개만 끄덕였을 것이기 때문이다.

할렐루야!

꼬마야, 드디어!

잘됐다, 형은 정말 기뻐!

* * *

밤이 깊어갈수록 분위기는 더욱 무르익었고, 모두가 즐겁게 노래하며 춤을 췄다. 업무 스트레스에 짓눌려 있던 우리는 이렇게 한 번씩 모일 때면 집에 돌아가는 것을 잊을 정도로 신나게 놀았다.

나는 많은 사람들의 백업 댄서이자 코러스 가수였고, 이제는 더 이상 목소리가 나오지 않을 것 같아서 자리로 돌아왔다.

으아는 술에 취했지만 여전히 잔을 채우고 있었는데, 그는 이 중에서 술이 가장 약했기 때문에 이제 조금만 더 마시면 완전히 가버릴 것 같았다. 킹은 아직 여유로워 보였고, 마이도 여전히 똑바로 앉아 있었다. 그저 나를 보는 눈빛이 평소보다 조금 더 반짝이는 것 같았다.

으, 오한이 드네. 여기가 좀 추운가?

나는 맥주를 따르며 혼자 생각에 잠겼다.

으아가 이대로 취해서 힘들어하면, 마이에게 그를 집까지 데려다주라고 해야지.

아주 좋아, 신사처럼.

완벽한 계획이야.

난 정말 상황을 잘 읽는 것 같다. 말했듯이, 초등학교 때부터 명탐정 코난의 열렬한 팬이었기 때문일 것이다. 나는 마이가 이번 기회로 으아에게 좀 더 진지하게 다가갈 수 있을 거라고 확신했다.

그렇게 되면, 나는 멋진 선배이니까 그에게 짐이 되지 않도록, 택시를 타고 집에 가야지.

돈은 좀 들겠지만, 월급날이니까. 난 아직 부자야.

하지만 한 시간 후, 나는 내 계획이 완전히 틀어졌다는 것을 깨달았다.

"제이드 선배…."

마이가 낮은 목소리로 느릿느릿 말했다.

나는 눈을 반쯤 감고 비틀거리며 돌아다니는 술 취한 인턴을 바라보았다. 그런 상태에서도 그는 여전히 나와 건배를 하려고 했다.

뭐야, 너 지금 그림 그려?

화성에서 봐도 마이가 취한 상태라는 것을 알 수 있었다.

히어로는 이러면 안 돼!

내가 어떻게 만든 기회인데, 이렇게 날릴 수 있어!

주위를 둘러보았다. 동료들이 하나둘씩 쓰러졌고, 심지어 으아도 벌써 10분 넘게 자고 있다. 의사소통을 할 수 있을 정도로 의식이 있는 사람은 킹뿐이었다.

나는 손으로 머리를 짚었다.

골 아파….

도대체 이 지경이 되면 내가 뭘 해야 하는 거야?

"제이드 선배… 저랑 건배해요…. 네…?"

"그만 마셔. 너 취했어."

나는 그가 소파에 맥주를 쏟기 전에 재빨리 그에게서 잔을 빼앗았다. 마이는 취기 어린 눈으로 나를 응시했고, 내 어깨에 머리를 기대는 바람에 온몸에 전율이 일었다. 그리고 근육이 단단히 잡힌 팔로 내 허리를 감싸 안고는 알아들을 수 없는 말을 중얼거렸다.

그는 내가 마치 코알라 엄마라도 되는 것처럼 달라붙었다.

내가 네 엄마인 줄 알아?

킹이 고개를 저으며 '네 꼬마 완전 취했네' 하고서 손가락질했다.

"그러게. 어떡해? 으아도 취했고…. 너 집에 어떻게 갈 거야?"

나는 마이의 손을 허리에서 떼어내려 애쓰며 물었지만, 그의 손은 접착제라도 바른 듯 착 달라붙어 떨어지질 않았다.

"네가 마이 차 타고 데려다줘. 내가 으아 데리고 갈게."

"으아 차는?"

"내 차랑 으아 차는 여기에 두고 내일 가지러 와야지. 이대로 가면 음주단속에 걸릴 테니까."

"그럼 마이 차는?"

"네가 운전해. 너 운전할 줄 알지?"

나는 순간 눈을 굴렸다.

저기요, 저건 BMW인데요.

가격이 300만 바트*가 넘는다고!

혹시 긁으면 어떡해?

그 수리비를 내가 어디서 구하냐고!

"자, 가자. 월요일에 보자."

킹은 여전히 뭘 해야 할지 몰라 우두커니 앉아 있는 나를 보고 더 이상 아무 말도 하지 않았다. 그저 일어나서 으아의 팔을 자신의 어깨에 두르고는 다른 사람들에게 작별 인사를 한 뒤 떠났다.

나는 사람들을 멍하니 보다가 또 다른 문제가 있음을 깨달았다.

마이가 내 콘도 건너편에 살고 있다는 건 알고 있지만, 그가 정확히 어느 건물에, 몇 층, 몇 호에 살고 있는지는 모른다.

---

* 한화 약 1억1천만 원.

내 어깨에 머리를 기댄 채 '임시 짐 덩어리'로 바꿔어버린 마이를 보며 나는 스트레스를 받았다. 관자놀이를 지나는 정맥이 갑자기 부정맥이라도 온 듯 불끈거리며 불규칙하게 뛰어댔다.

술에 취한 이 거구의 남자를… 어떻게 집까지 데려가?

05

마이는 완전무결해

마이를 알고 지낸 지 2주가 되었지만 이 아이 때문에 육체적으로나 정신적으로나 지친다고 생각한 날은 이번이 처음이다.

나는 만취한 동료들과 작별 인사를 한 뒤, 노래방에서 주차장까지 마이를 끌고 왔고, 차 키를 찾으려고 그의 옷 주머니를 샅샅이 뒤졌다. 그런데 이 취한 꼬마가 아주 비협조적이다.

"으음… 선배….”

"슙! 손 좀 가만히 있어!"

나는 자꾸만 내 허리를 감싸 안고 어깨에 머리를 기대려고 하는 마이를 꾸짖었다. 그리고 서둘러 다른 주머니들을 뒤졌다. 지금 우리의 모습이 마치 공공장소에서 부끄러운 줄도 모르고 서로를 끌어안고 있는 듯 로맨틱해 보이겠지만, 절대 그런 게 아니다!

마침내 차 키를 찾은 나는 차 문을 열고 그를 조수석에 밀어 넣은 뒤, 뒤로 물러나 가쁜 숨을 가다듬었다.

사람 맞아? 거인 아니고?

왜 이렇게 무거운 거야?

나도 나름 정기적으로 운동을 하는 편이지만, 커다랗고 단단한 데다 취하기까지 한 몸을 끌고 움직이는 건 몹시 힘겨운 일이었다.

나는 절레절레 고개를 저으며, 지난 2주간 매일 봐오던 고귀한 모습이 사라진 청년을 물끄러미 바라보았다. 잠시 그러고 있다가 그에게 안전벨트를 채우기 위해 몸을 숙였다. 그런데 벨트를 잡기도 전에 강한 팔이 순식간에 내 허리를 감싸안았고, 나는 균형을 잃고 그의 위로 쓰러졌다. 이번엔 내 얼굴이 그의 어깨에 기대었다.

"제이드 선배…."

귓가에 그의 깊은 목소리가 곧장 박혀 들었다. 알코올이 섞인 따뜻한 숨결이 내 목덜미에 닿는 순간, 소름이 돋았다. 마이는 내 어깨에 고개를 묻고는 또다시 알아들을 수 없는 말을 중얼거렸다. 아니, 웅얼거렸다.

젠장.

젠장, 젠장!

그렇게 완벽한 애가 술에 취하면 이렇게 응석받이가 된다고?

나는 그의 품 안에서 빠져나오려고 안간힘을 썼지만, 내가 그를 밀어내려고 할 때마다 그의 팔이 더욱 조여왔다. 이제 우리는 꼭 껴안고 있는 것처럼 보였다.

빌어먹을!

누가 보면 내가 술 취한 사람을 어떻게 해보려고 한다고 생각할 거라고!

하지만 절대 아냐, 당하는 사람은 나라고!

그리고 난 야외에서 하는 페티시 따위 없어!

내가 안간힘으로 기어이 그에게 안전벨트를 채우고 몸을 떼어내자 마이는 낙심한 듯 중얼거렸다. 먹이를 사로잡은 아나콘다처럼 나를 꽉 옭아매놓고는 이젠 아무 짓도 안 했다는 듯이 태평해 보였다.

나는 운전석에 등을 기대고 잠시 정신을 가다듬었다. 그리고 운전대를 잡기 전, 먼저 간절히 기도했다.

이 차의 수호신님, 부디 안전한 주행을 도와주세요.

이 차는 무려 300만 바트가 넘는다고요. 살짝 흠집만 나도 내 3개월 치 월급은 족히 쏟아부어야 해요.

제발… 수호신님, 제게 자비를 베풀어주세요.

나는 극한의 스트레스를 어깨에 얹고 식당을 떠나 큰길로 차를 몰았다. 다행히 늦은 밤이라 도로 위에는 차가 별로 없었고, 덕분에 남의 차와 부딪힐 염려는 하지 않아도 되었다.

조금 여유를 찾은 나는 그제야 내 옆에 앉아 조용히 잠들어 있는 마이를 흘끔거리며 지친 한숨을 내뱉었다.

만약 지금 조수석에 있는 게 으아이고, 그를 데려다주는 게 마이였다면 으아는 그에게 깊은 인상을 받았을 것이다. 그런데 이렇게 될 줄 누가 알았겠는가. 게다가 킹이 으아가 사는 곳을 아는지도 모르겠다. 나한테 물어보지도 않았으니 일단은 알고 있을 거라고 생각할 수밖에 없다.

그런 식으로 둘만 보낸 게 좀 걱정스럽기도 하지만 좋게 생각하려고 노력했다. 킹이 으아를 놀리는 걸 좋아하긴 하지만, 조금 전 그의 상태를 보면 만취한 사람에게까지 그렇게 심술궂게 굴지는 않을 것 같다.

아니, 그 자식 내가 잠들어 있을 때는 사진을 찍었잖아!

그건 팀 프로젝트를 하다가 친구네 집에서 잠을 자던 때였고, 이후 언젠가 그의 새 전화번호를 그의 X들에게 주겠다고 으름장을 놓자 그 사진으로 나를 협박했었다.

나쁜 자식!

으아한테도 똑같은 짓을 하려는 건 아니겠지?

"음⋯."

마이의 나른한 신음이 내 주의를 끌었다. 나는 또 한 번 크게 숨을 내뱉고는 그의 팔을 흔들었다.

"마이."

"음…."

"내 말 들려?"

"응…."

"네 콘도 어느 건물 몇 층, 몇 호야?"

"….."

"마이, 마이! 내 말 들려?"

"네…."

"네 방, 몇 호냐고!"

"….."

내 말이 들린다면서 왜 어디 사는지는 대답을 안 해?

결국 그의 집을 알아내려고 몇 번 시도했다가 모두 실패한 후, 나는 마이의 차를 몰고 내 집으로 와야 했다. 마이는 오늘 밤, 어쩔 수 없이 내 방에서 자야 한다.

나는 젖 먹던 힘까지 끌어내 마이를 집 안으로 끌고 들어 왔다.

처음엔 그를 소파에 눌 생각이었는데, 몸이 너무 커서 크 기가 맞지 않았다. 만약 술에 취한 그가 몸부림치다 떨어져 머리라도 부딪혀 죽는다면…. 우리 형이 날 죽이러 올 게 틀 림없다는 생각이 들어 결국 침실로 데려올 수밖에 없었다.

그런데 마이를 침대 위에 눕히다가 이 말썽쟁이가 내 팔을 세게 붙들고 있는 바람에 나도 그를 따라 침대에 쓰러졌다. 그래서 음… 지금 난 그의 위에 있다.

재빨리 떨어지려고 했는데, 그의 팔이 어느새 내 허리를 또 감쌌다. 벗어나려고 애썼지만, 그의 손이 점점 내려오다 내 엉덩이에 닿을 정도로 상황이 나빠졌다.

이… 이 손!

이 못된 손!

"음…. 제이드 선배….."

도대체 왜 날 쓰다듬는 건데!

확 물어버릴라!

아니, 이 손은 또 왜 이렇게 떼어내기가 힘드냐고!

나는 그에게서 벗어나기 위해 허우적거렸다. 그의 손이 끈적하게 내 허리를 감싸 안았지만, 그래도 나는 마침내, 비로소 그 손을 떼어내고 침대 옆으로 내려놓았다. 그리고 거친 숨을 몰아쉬며 내 작은 침대를 차지해버린 덩치 큰 남자를 내려다보았다.

한숨밖에 나오지 않는 상황…. 그래도 그는 괜찮아 보였다. 그냥, 아주 많이 취했을 뿐이다. 하지만 술 냄새는 확실히 매력적이지 않다.

나는 가만히 잠이 든… 잘생긴 남자를 물끄러미 쳐다보았다. 이 남자는 잠들어 있을 때도 여전히 멋져 보였다. 그에게 모든 것을 주신 그의 부모님이 새삼 부러웠다.

잔인하게 들리겠지만 우리가 사는 사회는 남에게 지나치게 냉정하고, 쉽게 남들을 비판하는 경향이 있다. 현실은 바로 그런 곳이다. 그래서 살아가는 데 외모는 정말 중요한 문제였다. 만약 당신이 잘생겼다면 대부분 당신을 좋아할 것이고 비례해서 인생도 그만큼 편해질 것이다. 물론 모든 경우는 아니지만 대체로 그렇다고 할 수 있다.

고등학생 시절 킹과 이 문제로 논쟁을 벌이곤 했다. 아이스크림 이모가 나보다 그에게 더 많은 토핑을 얹어주었기 때문이다. 나는 그 이모가 킹의 잘생긴 외모에 반했기 때문에 더 많은 것을 주었다고 말했고, 킹이 이 말을 칭찬으로 받아들일 거라고 생각했지만 그는 오히려 냉담하게 반응했다.

'너도 다른 사람들이랑 똑같이 생각하네, 내가 잘생겨서 모든 걸 쉽게 얻는다고. 근데 정말로 내가 원하는 걸 얻기 위해 아무 노력도 하지 않을까?'

나는 아이스크림이라는 사소한 소재가 어떻게 노력에 대한 교훈으로까지 갔는지 혼란스러웠지만, 지금은 그 말이 무슨 뜻인지 완전히 이해한다.

매력적인 사람들이 대우받을 때면, 사람들은 그들의 외모만을 논한다. 그리고 대부분의 사람들이 그 사람들은 전혀 어떤 노력도 하지 않는다고 생각한다.

하지만 우리 모두는 저마다의 문제를 가지고 있다. 누군들 그렇지 않을 수 있을까? 우리는 완벽할 수 없는 '사람'이기 때문에 떠안게 되는 문제는 우리 삶의 일부와도 같고, 그것을 어떻게 다루느냐에 달린 것이 인생이다.

나는 한 번 더 한숨을 내쉬고는 마이의 다리를 움직여 침대에 바르게 눕혔다. 그리고 그의 양말을 벗겨내고, 넥타이를 풀어주었다.

그러고 나서 나도 화장실로 가서 씻었다. 잠옷으로 갈아입고 다시 가보니 마이는 내가 눕혀준 자세 그대로 잠들어 있었다. 젖은 수건으로 그의 몸을 닦아준 뒤, 에어컨을 켜고 이불을 덮어주고는 베개를 챙겨 소파로 갔다.

봐라, 나만큼 좋은 선배는 어디에도 없을 거다. 만취한 이 꼬마를 내 집으로 데려와 침대를 내어주고, 편히 잘 수 있도록 에어컨까지 틀어주었다. 그리고 정작 나는 선풍기 앞에 웅크리고 있다. 그나마 오늘 밤은 그리 덥지 않아서 다행이었다. 안 그랬으면 오븐에 구워지는 통닭 신세가 돼버렸을 테니까.

나는 침실 문을 조금 슬픈 눈길로 바라보았다. 편안한 침대 매트리스와 따뜻한 이불이 너무 그리웠고, 마이가 부디 내가 한 일을 잊지 않기를 바랐다. 그가 으아와 연애를 하고, 결혼까지 한다고 하면… 이런 나를 잊지 않고 큰 보상을 해주길 바랐다.

아, 내가 처음부터 보상을 바라고 이런 일을 한 것은 아니지만.

정말이다.

진짜, 진심이다.

마이에 대한 으아의 반응에 대해 생각해보면…. 평소의 으아는 친하지 않은 사람들에게는 매우 무심한 편이고, 그에게 말을 걸어도 늘 단답식의 대답만 돌아온다. 하지만 마이의 작품에 대한 멘트나, 마이에게 20바트짜리 간식 카놈크록*을 사준 것 그리고 오늘 저녁 마이의 노래에 대해 칭찬까지 한 걸 보면 그를 조금은 좋아한다는 느낌이 들었다. 으아는 평소에 누구도 칭찬을 하지 않으니까, 분명히 좋은 감정을 가지고 있을 것이다.

진지한 관계로 이어지려면…. 아니, 으아에게도 마이와 같은 마음인지 물어봐야 내가 도울 수 있다.

내가 보기에 여러모로 마이는 좋은 아이임이 틀림없다. 물론 술에 취해 말썽을 부린 것만 빼고. 난 내 친구가 좋은 사람을 만났으면 좋겠다.

선풍기에서 불어오는 바람이 점점 정신을 아득하게 했다. 나는 눈을 감았고 천천히 꿈속으로 빠져들었다.

---

* 태국식 코코넛풀빵.

* * *

"제이드….."

"…."

"제이드….."

"으응….."

"제이드 선배."

마치 한류 드라마 주연배우가 속삭이는 것처럼 멋진 목소리가 나를 단잠에서 깨웠다. 나는 집 안에 들이친 태양의 열기로 이미 날이 훤하게 밝았다는 것을 깨닫고 눈을 떴다. 그리고 나를 깨운 사람을 멍하니 쳐다보았다. 주름진 교복을 입고 서 있는 마이였다. 동시에 어제의 기억이 다시 떠올랐다.

아, 맞아. 어제 마이를 집으로 데리고 왔지.

"좀 괜찮아? 숙취는?"

나는 아직 잠에서 완전히 깨어나지 못한 채 그에게 말하다가 입가가 뭔가 축축한 느낌이 들어 멈칫했다. 그리고 무의식적으로 입가를 닦아내고서야 깨달았다.

젠장, 침 흘렸어! 미친!

다 큰 어른이 자면서 침이나 흘리다니, 마이가 봤을까?

"괜찮아요. 어젯밤엔….."

그는 말끝을 흐렸고, 내 입술을 쳐다보며 웃었다.

그래.

너 내가 침 흘리고 자는 거 봤구나.

빌어먹을.

"네 집이 정확히 어딘지 몰라서 어쩔 수 없이 여기로 데려왔어."

난 너무 창피해서 소파에 머리를 처박고 싶었지만, 애써 침착하게 행동했다.

누가 자고 있을 때까지 스스로를 통제할 수 있겠어.

원래 다들 침 좀 흘리고 그러잖아?

부끄러워하지 마, 제이드.

….

망할, 엄청 부끄러워!

"어제는 죄송했어요. 제 말은, 선배가 절 챙기시게 한 게…. 정말 죄송해요."

마이가 진심을 다해 말했다.

음…. 최소한 자신을 데려오는 일이 얼마나 힘들었는지는 알고 있나 보다.

정말이지….

하나도 보태지 않고, 온몸이 두들겨 맞은 것처럼 욱신거렸다.

"아, 괜찮아. 다음부터는 그렇게 취하도록 많이 마시지 마. 자칫 위험할 수도 있으니까."

"네."

그는 그제야 살짝 미소를 지으며 대답하고 내 옆에 앉았다.

"어젯밤에 선배 혼자서 절 데리고 오신 거예요?"

"당연하지. 어젯밤 일 기억 안 나?"

"좀 흐릿해요. 차에 탄 건 기억나는데, 갑자기 멍해져서…. 그 뒤로는 기억이 잘 안 나요."

나는 한숨을 폭 내쉬었다. 마이는 몸을 가누기도 힘들 만큼 술에 취했다. 정신을 놓았다가 깨어나서는 아무것도 기억하지 못했다. 이렇게 함부로 술을 마시고 다니다가 퍽치기라도 당하면 어쩌려고.

"네 집이 어디냐고 몇 번이나 물었는데, 깨질 않아서 내콘도로 올 수밖에 없었어."

"잠깐만요. 제가 말 안 했어요? 전 제가 분명히 말했다고 생각했어요."

그는 기억이 나지 않아 혼란스러워하는 것처럼 보였다.

나는 눈을 깜박였다.

정말로 그렇게 생각하는 거야?

'네….'

'응….'

'제이드 선배.'

말고는 아무 말도 안 했다고!

"안 했어. 그랬으면 네 방에서 일어났겠지."

나는 조금 피곤한 표정으로 말하면서 그를 물끄러미 바라보았다.

마이가 거짓말을 하는 건가 했지만, 그의 눈에 담긴 결백함을 보고 마음을 진정시켰다.

너무 과하게 생각하는 건지도 몰랐다. 어쩌면 어젯밤 그가 나를 바라보던 눈빛, 술에 취해 별처럼 빛나는 그 눈빛이 아직 내 머릿속에 남아 있기 때문일지도.

솔직히 말해, 그 눈빛을 본 여자라면 모두 얼굴을 붉혔을 것이다. 나조차도 나를 주체할 수 없을 지경이었으니까.

그가 그 달콤한 목소리로 내 이름을 불렀을 때는 정말….

지금 이 순간까지도 그의 목소리가 내 머릿속에 맴돌고 있다는 걸, 마이는 알고 있을까?

그건 오한이 들 만큼 낯설고 묘한 감정을 느끼게 했다. 취한 마이의 목소리는 평소보다 허스키했고, 섹시했다. 정말 굉장했지만, 나한테 해서는 안 되는 것이었다.

나 진짜 바보처럼 굴기는 싫다고!

"왜 절 소파에 재우지 않으셨어요?"

"네가 자다가 떨어져서 다치기라도 하면 어떡해. 그리고 소파가 너한테 너무 작아서 자는 데 불편했을 거야."

내가 생각하기에도 내 대답은 완벽한 나이스 가이처럼 들렸다. 그가 소파에서 떨어져 죽고 내 방의 귀신이 될까 봐 그랬다고는 말하지 않았다.

나는 귀신이 무서우니까…. 퇴마사를 고용하려면 돈도 많이 들고….

나중에 후회하는 것보다 안전한 게 낫지.

"정말 죄송해요. 저 때문에 소파에서 주무셨잖아요."

나는 슬픈 얼굴을 하고 있는 마이의 머리를 부드럽게 쓰다듬었다.

"너무 자책하지 마. 미안하면 나중에 점심 한 번 사든가."

농담처럼 말하며 웃는 나를 따라 마이도 고개를 들고 부드럽게 웃었다.

"좋아요."

나는 일어나서 통증이 가시지 않은 허리를 이리저리 비틀었다. 배에서는 꼬르륵 소리가 요란하게 울렸다.

"지금 몇 시야, 마이?"

"열 시쯤 됐어요."

나는 고개를 끄덕였다. 그래서 내 배에서 이런 소리가 나는 것이다. 나는 마이를 보고 화장실을 가리키며 말했다.

"먼저 샤워부터 해. 내가 라면 끓일게."

"괜찮아요. 제가 할게요."

그가 뭘 하려고 일어섰지만 나는 고개를 저었다.

"아니야, 그럴 필요 없어."

하지만 마이는 완강했고, 내 말을 전혀 듣지 못한 것처럼 곧바로 부엌으로 향했다.

"냉장고에 고기나 야채 있어요?"

나는 당황스러워서 대답하기까지 시간이 조금 걸렸다.

"…글쎄. 아마?"

"뭐 뭐 있어요?"

"음… 밥, 계란, 돼지고기랑 야채…."

있겠지?

나는 냉장고를 열면서 생각했다.

평소 요리를 자주 하는 편이 아닌 데다, 주로 이미 만들어져 있는 음식을 사다 먹었다. 다만 엄마가 한 달에 한두 번씩 오셔서 한밤중에 배가 고플 때 먹을 만한 음식을 냉장고에 넣어두셨다.

엄마는 집에서 음식을 요리해 먹는 게 몸에도 좋고 저렴하다고 말씀하셨지만, 내가 요리를 잘 못하고 게으르다는 사실은 전혀 고려하지 않은 조언이었다. 오믈렛, 라면, 생선 통조림, 샐러드 외에는 아는 것도 없다. 최근엔 음식 배달 서비스를 주로 이용하기 때문에 더 그랬다. 그냥 요기요나 배민에서 주문해 먹곤 했는데, 엄마가 항상 채워놓으시던 것들이 뭔지도 모른 채 냉장고에 남아 있었다.

"괜찮을지 모르겠네요."

마이가 짓궂은 표정으로 냉장고에서 싹이 튼 감자를 꺼내자 나는 메마른 미소를 지었다.

날 비난하지 마라, 꼬마야!

그냥 까먹었을 뿐이라고.

내 말은 그러니까… 최근에 일이… 많진 않았구나.

그래, 응. 냉장고 여는 걸 까먹었어.

"제가 상한 건 치우고, 나머지로 해볼게요. 먼저 샤워하고 나오세요."

그렇게 말해놓곤 그는 상태가 좋은 것과 나쁜 것을 분리하기 시작했다.

나는 머뭇거리며 그 자리에 우두커니 서 있었다. 그가 나를 도와주는 것은 좋지만, 어쨌든 그는 손님이고, 손님이 집주인을 위해 요리를 하는 것은 옳지 않은 것 같았다.

"괜찮아, 내가 할게."

"어제 제가 너무 취해서 챙기느라 많이 힘드셨잖아요. 보답의 의미로 제가 하게 해주세요."

그는 냉장고를 정리하다가 돌아서서는 멋진 미소를 지었다. 그런 말을 들으니 내가 굉장히 좋은 사람처럼 느껴졌다.

내가 널 챙겼다고?

난 널 그냥 여기로 끌고 왔을 뿐인데….

더 이상 생각하지 말자, 제이드.

누군가 널 위해 요리를 해준다는 건 좋은 일이잖아?

"그럼 도움이 필요하면 말해."

마이는 힘차게 고개를 끄덕였고, 나는 침실에서 수건을 챙겨 화장실로 들어갔다.

어젯밤엔 너무 힘들어 대충 씻었지만, 오늘 아침에는 제대로 씻느라 꽤 시간이 걸렸다. 밖으로 나와보니 마이가 가스레인지 앞에 서서 냄비 속을 휘젓고 있었고, 나는 그게 뭔지 보려고 가까이 다가갔다. 어깨 너머로 냄비 속을 쳐다보느라 자연스럽게 내 몸을 그의 몸에 기대었다.

"맑은 수프?"

"네, 어젯밤에 술을 많이 마셨으니까, 아침으로는 따뜻한 국물 요리를 먹는 게 좋을 것 같아서요. 재료가 얼마 없어서, 이게 제가 할 수 있는 최선이었어요."

나는 마이가 두부와 다진 돼지고기를 넣은 맑은 수프를 맛보는 모습을 지켜보았다. 곧 그가 만족스러운 미소를 지으며 내게 숟가락을 건넸다.

"맛 좀 보실래요?"

"응!"

잠깐, 똑같은 숟가락으로 맛을 보는 건 위생상 좋지 않은데….

알게 뭐람!

마이에게 침으로 옮기는 질병 같은 게 있을 리 없잖아.

"맛이… 있어. 맛있어! 너 요리 잘하는구나?"

나도 모르게 눈을 크게 떴다. 괜찮은 정도가 아니라 아주 맛있었다.

"그렇게 대단한 건 아니지만, 이 정도는 할 수 있어요."

그는 수줍게 웃으며 가스 불을 끈 뒤 그릇을 집어 들었다.

나는 거기 서서 능숙하게 움직이는 마이를 보며 왠지 묘한 기분을 느꼈다.

누군가가 내 부엌에서, 나보다 훨씬 능숙하게 모든 일을 처리하고 있다고 생각해보라.

"먼저 앉아 계세요. 수프는 제가 가져갈게요."

그는 부엌 한가운데에 어색하게 서 있는(혹은 방해하고 있는) 나에게 상냥하게 말했다.

나는 이미 식기까지 차려져 있는 테이블로 순순히 걸어가 앉았다. 그러고는 턱을 괴고 가만히 마이의 뒷모습을 바라보았다. 대학 교복을 입고 있는 마이가 내 부엌에서 놀라운 요리 솜씨를 발휘하고 있었다.

그는 제법 요리를 할 줄 알았고, 심지어 음식 맛도 좋다. 이 사람이 도대체 어디까지 완벽하려고 그러는 건지 궁금했다. 그는 마치 심즈 시뮬레이션에서 치트키를 사용해 모든 능력치를 최대로 높여놓은 것 같았다.

아, 잠깐. 다행히 그에게서 몇 가지 결점을 발견하긴 했다. 술에 약하고, 술에 취하면 마치 문어처럼 손을 사방으로 놀린다는 것이다.

이 이야기는 송별회에 참석할 사람들에게 전해주기 위해 고이 간직해야지. 결국 정말 완벽한 사람이 없다는 걸 모두가 알게 될 것이다. 하물며 그게 마이일지라도!

"마음껏 드세요."

그가 내 앞에 수프를 담은 그릇을 내려놓았다. 맛있는 냄새가 후각을 자극했고, 배가 미친 듯이 요동치기 시작했다. 서둘러 수프를 입으로 퍼 올리는데 혀가 데일 정도로 뜨거워서 깜짝 놀랐다.

제이드 너 또 이 애 앞에서 바보같이 굴지.

내가 수프를 맛보는 동안 마이는 오믈렛을 더 만들기 위해 부엌으로 돌아갔다. 잠시 후 그가 돌아오고서야 우린 함께 식사를 시작했다.

식사를 마친 후에는 마이에게 내가 설거지를 할 테니 샤워를 하러 가라고 말했다.

"제가 치울게요."

"아, 그러지 마. 가서 샤워해. 치우는 건 내가 할게."

"괜찮아요."

나는 또다시 내 말을 듣지 않고 설거지를 하려는 그에게 다가가 말했다.

"마이. 넌 잘생긴 데다 요리도 잘하잖아. 네 애인이 될 사람은 정말 행운아일 거야."

"정말 그렇게 생각하세요?"

그가 내 눈을 똑바로 쳐다보며 물었다. 그 눈은 굉장히 반짝거렸지만 오래가지는 않았다. 다시 보았을 땐 그저 평소처럼 가만히 미소만 짓고 있었다.

"응, 정말."

"감사합니다. 근데 그 행운아가 어떻게 생각하고 있는지를 모르겠어요."

그의 중얼거리는 소리에 나는 눈을 동그랗게 떴고, 곧 냉정을 되찾고 나서 되물었다.

"네가 말하는 행운아가 우리 사무실 사람이야?"

"네."

그는 고개를 작게 끄덕였다.

역시. 내가 맞았어.

사랑에 빠진 사람들은 정말 행복해 보인다. 나를 보고 있을 때조차 그 눈이 이렇게 반짝이니.

"걱정 마. 계속 노력하면, 언젠가 그 사람도 자신이 얼마나 운이 좋은지 알게 될 거야."

그의 어깨를 두드리며 격려했다. 나는 그가 말한 사람이 으아라는 것을 이미 알고 있기 때문에 누구인지는 물을 필요도 없었다.

첫날부터 그렇게 뚫어져라 바라보고 있었는데, 으아가 아니라면 또 누구일 수 있겠는가. 나? 설마, 그럴 리가 없지.

"네, 최선을 다할게요."

그는 조용히 부드럽게 웃고는 나머지 접시를 치우러 돌아갔다.

마이가 정리를 마치자 나는 샤워를 하라고 말한 다음 내 옷장으로 가 그가 입을 만한 옷을 찾았다. 하지만 안타깝게도 내 옷은 그가 입기에 너무 작았다. 마이의 사이즈가 훨씬 더 크니까. 내 셔츠는 말할 것도 없거니와 바지도 맞지 않을 것 같았다.

"제가 입을 수 있는 게 있나요?"

그의 목소리가 내 침실 입구 쪽에서 들려왔다. 샤워를 마쳤나 보다.

"마이, 진짜 미안한데, 내 옷은 너한테 너무 작은 것 같아. 그래서…."

침실 앞에서 커다란 남자를 맞닥뜨린 나는 순간적으로 몸이 굳어버렸다. 그리고 나도 모르게 침을 꼴깍 삼켰다. 그의 젖은 머리카락과 탄탄한 몸의 굴곡을 타고 흐르는 눈부신 물방울…. 심지어 수건으로 아래만 감싼 채로 서 있다.

맙소사!

얼굴만 완벽한 게 아니라 몸매까지 완벽하잖아!

그는 프리미엄 복근 세트를 몸에 지니고 있었다. 너무 과하지 않게, 딱 좋은. 그의 몸매는 킹과 우열을 다툴 만할 정도였고, 파이 선배가 이 모습을 봤다면 분명 기절하고도 남았을 것이다. 물론 나 같은 남자들에게도 질투심을 불러일으킬 정도로 대단하다.

이 완벽한 몸매를 유지하려면 운동도 많이 하고 식단 관리도 철저하게 해야 했을 텐데…. 내 정신은 온통 달달한 디저트와 버블티에만 꽂혀 있었으니, 복근을 갖는다는 꿈은 아예 접어두고 영영 잊어버리는 것이 맞는 듯했다. 복근과 나는 이번 생에는 인연이 없었다. 그나마 내 배가 풍선처럼 부풀지 않은 것만 해도 행운이라 해야 할 것이다.

하지만… 젠장. 그래도 그의 몸매는 너무 부럽다.

"뭐라고 하셨어요?"

그는 내가 꽤 오랫동안 말을 잇지 않는 것을 보고 되물었다. 나는 그제야 그의 복근에서 시선을 거두고 얼굴을 바라보았다.

"어… 내 말은, 내 옷이 다 너한테 너무 작다고. 그냥 네 옷 그대로 다시 입고 돌아가서 갈아입어야 할 것 같아."

"괜찮아요."

마이는 그렇게 말하고 다시 화장실로 들어갔고, 나는 안도의 한숨을 쉬었다.

나는 대학을 졸업하고부터 혼자 살았다. 게다가 친구나 동료들이랑 같이 잔 적도 별로 없어서, 누군가 내 집에서 반쯤 벌거벗은 채 있는 걸 보니 몹시 당황스러웠다. 혼자 있는 것에 너무 익숙해져서 그런 거겠지.

"네 차 키는 소파 앞 탁자 위에 있어."

나는 옷을 입고 나오는 마이에게 말했다.

"나 네 차 한 군데도 안 긁었어! 진짜, 조금도! 일단 말해두는 거야."

어제 난 정말 역대급으로 조심스럽게 운전했다. 그러니까 나한테 수리비를 내라는 억지 요구 같은 건 절대 용납하지 않을 것이다!

마이가 웃었다.

"저 데려와주셔서 정말 감사하고, 수고를 끼쳐서 죄송해요."

"아니야, 괜찮아."

나는 그를 배웅하러 나가면서 의젓하게 대답했다.

마이가 떠나고 나면 나는 가시지 않은 통증을 풀어주기 위해 온몸에 오일을 발라 주무르고는 낮잠을 푹 자야 할 것 같다. 아, 그전에 침대 시트를 먼저 갈아야 할지도 모른다. 내 침대에서 마이 냄새가 날지도….

"제이드 선배."

"어?"

"C빌딩 15층, 1517호예요."

나는 혼란스러워서 그 자리에 멍하니 서 있었다.

"뭐?"

"제 방이요."

그는 환하게 웃었고 한동안 나를 똑바로 마주 보았다. 그러고는 손을 모아 고개를 숙이며 인사했다.

"이제 갈게요. 월요일에 봬요."

"아, 알겠어. 조심히 가."

나는 그에게 손을 흔들었고, 그가 떠나는 것을 보고 문을 닫았다. 그 후엔 무슨 일이 있었던 건지 몹시 혼란스러워하며 비척비척 소파로 걸어와 털썩 주저앉았다.

왜?

왜 나한테 방 호수를 알려줘?

왜 지금?

또 취한 널 집에 데려갈 일을 만들 거라고는 하지 마.

너 그럼 진짜 나쁜 사람이야!

아무리 내가 좋은 선배라고 해도, 다시는 안 할 거야!

지금도 허리 아파 죽겠다고!

나는 소파에 몸을 던지고는 생각에 잠겼다. 쉽게 취해버린 것과 그 못된 손을 때려주고 싶었던 것 외에는 그의 모든 점이 너무 좋다는 건 사실이다. 그는 성실하고 상냥하다. 으아의 X들과는 비교할 수 없을 정도로 훨씬 좋은 사람이다. 나는 사람을 꿰뚫어보는 데 일가견이 있어서 그가 본모습을 속이고 있는 게 아니라는 건 확신한다.

문제는 으아가 지금 아무도 만나지 않고 있긴 하지만, 그렇다고 마이에 대한 마음이 어떤지는 확실하지 않다는 것이다. 만약 으아가 마이를 거절한다면 더 이상 그를 도우려고 노력할 필요가 없다. 그렇게 되면 마이가 얼마나 슬퍼할지 생각만 해도 안타깝다.

월요일에 출근하면 으아에게 마이를 어떻게 생각하는지 물어봐야겠다. 만약 마이를 그런 식으로 생각하지 않는다고 하면, 난 더 이상 그에게 애쓰지 말라고 말해줄 것이다.

하지만 으아가 괜찮다고 하면, 결국 둘이 연인이 될 수 있게 내가 도와야지.

06

친구와 연인, 그 사이 어딘가

나는 오전 5시 30분에 일어나 출근 준비를 서둘렀다. 물론 빨리 회사에 가고 싶은 건 으아를 만나야 하기 때문이지, 일 때문은 아니다.

내 추측대로라면, 아니 몇 주 동안 관찰한 결과에 의하면, 으아가 내가 돌보고 있는 아이인 마이에게 어느 정도 호감을 가지고 있다고 확신한다. 하지만 지금 이 추측에는 아무런 증거가 없기 때문에 오늘은 확실하게 으아의 마음을 알아낼 작정이다.

으아가 괜찮게 생각한다면, 나는 곧장 로켓 배송 모드를 켜고 마이의 마음을 전달할 것이다. 하지만 으아가 마이에게 관심이 없다면… 적극적으로 밀어붙이지는 않을 것이다. 내 친구도 짜증스러워할 게 뻔하고, 그러다 보면 마이가 기회를 정말로 완전히 잃게 될까 봐 걱정되기 때문이다.

나는 진심으로 으아가 마이를 만나기를 바란다. 마이는 내가 겪어본 그 누구보다도 좋은 사람이기 때문이다.

대학교 4년 동안 그리고 스물일곱 살이 된 지금까지, 으아에게 다가오는 모든 사람을 가장 가까이에서 봐왔다. 모두가 예쁜 으아와 함께하고 싶어 했다. 하지만 대부분 단순한 흥미나, 으아와 만나는 사람이라는 자의식 충족 같은 가벼운 목적으로 그를 원했다. 결국 그렇게 많은 사람들로부터 깊은 실망을 경험한 으아는 어느 순간부터 변했다.

으아는 그 이후로 누구와도 오랫동안 교제를 한 적이 없었고, 모든 관계에서 몇 가지 이유나 결점을 꼬집어내고는 헤어졌다. 하지만 난 그게 핑계라는 것을 알고 있다. 진짜 이유는 으아와 만나는 동안 그 상대가 으아에게 충분히 성실하지 않았다는 것이다.

'어차피 기대도 안 했으니까 실망도 없어. 그런 행운은 내 편이 아닌 거지.'

최근 남자친구와 헤어진 으아는 이렇게 말했다. 비록 말은 그렇게 했지만, 마음속으로는 여전히 자신에게 진심인 누군가를 만나고 싶어 한다는 걸 나는 안다.

심지어 으아의 가족도 따뜻한 사람들이 아니다. 그의 부모는 이혼했고, 서로 각자가 원하는 새로운 파트너를 찾았다. 게다가 그의 어머니는 아들의 성 정체성을 결코 인정하지 않고 그를 종종 학대했다. 그 때문에 그는 가족에게 받지 못한 애정을 채워줄 수 있는 사람을 만나고 싶어 했지만, 아직 찾지 못했다.

내가 할 수 있는 건 멀리서 상황을 지켜보며 곁에 머물러 있는 것뿐이지, 어떻게 도와야 할지는 알 수 없었다.

그런 경험들로 인해 으아는 사랑에 대해 부정적인 감정을 갖게 되었다. 나로서는 내 친구가 그런 사람들을 만난 것이 안타깝지만, 단지 운이 안 좋았던 것뿐이라고 생각한다. 지구상의 모든 사람이 그런 게 아니니까. 그래서 이번만큼은 좋은 사람을 만날 수 있도록 도와주고 싶다.

상냥하고, 잘생기고, 부자에다 어리기까지 한. 이런 사람을 찾기란 여간 어려운 일이 아니라고!

나는 새어 나오는 미소를 애써 감추고 마이의 얼굴을 힐끗 바라보았다. 그는 오늘도 나의 운전기사로서 회사까지 데려다주었다. 그는 내가 그를 돕기 위해 얼마나 노력하고 있는지 모를 것이다. 하지만 가까운 미래에는 내가 그를 위해 한 일을 알고… 아마 나한테 간식이나 음료 같은 걸 사주겠지? 게다가 이 아이는 고마움에 보답하는 법도 잘 알고 있다. 지금도 술 취한 자신을 돌봐줘 고맙다며 사무실로 올라오는 길에 커피를 사주었기 때문이다.

너처럼 좋은 사람이라면, 난 전적으로 지지해!

사무실 동료들은 또 월요일이 온 게 믿기지 않는다는 슬픈 표정으로 시계를 쳐다보고 있었다. 나도 멍하니 시계를 보면서 으아가 사무실에 도착하기를 기다렸다. 출근 시간이 거의 다 되었는데 아직 코빼기도 보이지 않으니 조금 불안했다. 으아뿐만 아니라 킹도 마찬가지였다.

업무 시작 5분 전, 드디어 우리 부서의 키 크고 잘생긴 프로그래머가 사무실로 들어왔다. 하지만 어쩐지 킹은 누구와도 말할 기분이 아닌 것 같았다. 그 때문에 회계팀 민트가 오늘 아침 건네달라고 부탁한 유명한 수제 빵은 나만 아는 것으로 간직하기로 했다. 묻고 싶은 게 많았지만 일단 꾹 참아내고 나는 그에게 간단한 인사만 한 채 다시 책상으로 돌아왔다.

"킹 선배 괜찮아요?"

마이가 내게 속삭였다.

"모르겠어."

나는 고개를 저으며 그에게서 조금 멀어졌다. 마이는 킹에게 말소리가 들릴까 봐 걱정했나 보다. 그게 아니라면 그의 오똑한 코가 내 뺨을 찌를 정도로 이렇게 가까이 다가들지 않았을 테니까.

"그냥 둬. 킹은 한번 화가 나면 정말 무섭게 짜증을 내거든."

나는 고개를 휘휘 저으며 그에게 경고했다.

그는 알겠다는 듯 고개를 끄덕이면서도 여전히 내 볼에다 코를 박고 있다. 계속 가까이에서 마이가 내 눈을 쳐다보고 있으니 또 혼란스러워졌다.

"왜? 내 얼굴에 뭐 묻었어?"

"아, 아니요. 아무것도 아니에요."

그제야 상체를 일으켜 멀어졌지만 입가에는 미소가 살짝 깃들어 있었다.

나는 그에게서 등을 돌리고 얼굴을 문질렀다.

음… 깨끗한데.

대체 왜 그렇게 쳐다보고 있던 거야?

이상한 애야.

자리에 앉아 얼음처럼 차가운 기운을 풀풀 풍기는 킹을 쳐다보았다. 그가 왜 저렇게 기분이 나쁜 건지 알 수 없었다. 주말 전까지도 그렇게 기분 나쁠 만한 일은 없었던 것 같은데…. 만약 그가 점 찍어둔 예비 연인 중 한 명과 싸운 것이라면, 어젯밤 하루로 일이 끝나지는 않았을 것이다. 끝낸다는 말이 무슨 의미인지는 별로 설명하고 싶지도 않다.

근무 시간이 시작됐어도 으아는 아직 출근 전이었다. 아프기라도 한 걸까 싶어 문자를 보내려는데, 마침 으아가 사무실로 들어섰다. 평소보다 훨씬 더 냉랭한 얼굴을 하고서.

기다렸다는 듯 킹이 으아를 돌아보자, 분위기가 완전히 살벌하게 바뀌었다. 나는 그들 사이의 묵직한 긴장감을 느끼고는 침도 삼키지 못했다. 지금까지 있었던 그 어느 때보다 불편하다. 사실 두 사람은 사이가 좋지 않았지만 지금은 진짜 정말로 안 좋아 보인다.

둘 사이에 무슨 일이 일어난 게 틀림없지만, 지금 당장 이 문제에 개입하면 안 된다는 걸 눈치 빠르고 똑똑한 나는 잘 알고 있다. 그러지 않으면 IT 부서가 통째로 영안실로 들어가야 할지도 모른다.

"오늘 왜 늦었어?"

나는 이 팽팽한 긴장감을 조금이라도 느슨해지게 해보려고 으아를 향해 공연히 미소를 지어 보였다.

자리에 앉은 으아의 얼굴을 보니 눈 밑엔 다크서클이 짙었고, 표정도 일그러진 것처럼 좋지 않았다.

"늦잠 잤어."

그가 짧게 대답했다.

나는 눈살을 찌푸렸다. 으아는 절대 늦게 일어날 사람이 아니고, 애초에 늦게까지 자는 사람도 아니다.

"어디 아파?"

걱정스럽게 물었지만, 그는 고개만 저을 뿐이었다.

그래서 나도 그냥 두고 우선 일에 집중하기로 했다. 지금은 얘기할 기분이 아닌 것 같으니 먼저 그의 기분이 좀 나아지도록 내버려두기로 했다.

하지만 시간이 흐를수록 분위기가 이상해졌다. 항상 시끄럽고 장난기 많은 킹이 컴퓨터 화면과 목숨 걸고 싸우기라도 하듯 엄청난 아우라를 뿜어대며 침묵을 지키고 있었다.

둘이 또 싸운 게 틀림없다. 이번에는 평소와는 차원이 다르게.

나는 깊은 한숨을 몰아쉬었다. 이 상황을 어떻게 해결해야 할지 모르겠어서 머리가 멍해졌다. 친구들이 서로 싸우고 화를 내고 있는데 기분이 좋은 사람이 어디 있겠는가. 게다가 이런 분위기라면 괜히 개입했다가 상황이 더 나빠질지도 몰랐다. 그들이 조금 더 진정되고 나면 에둘러 물어야 했다.

"으아, 오늘 뭐 먹을래?"

휴식 시간을 빙자해 그들을 화해시킬 자리를 마련하고자 으아에게 넌지시 물었다. 하지만 그는 대답하지 않았고, 내가 희망을 갖고 세운 계획은 무참히 외면당했다.

"나 오늘 안 나갈래. 배달해서 먹을게."

"아, 오늘 날씨가 좀 많이 덥지. 알겠어. 그럼 나도 배달시킬래. 오늘 날씨가 꽤 더운데, 방금 생각났어. 나도 네가 먹는 걸로 먹어야지."

나는 으아에게 그렇게 말하고는 나를 보고 있는 마이 쪽으로 곧장 의자를 밀고 다가갔다.

"나 오늘 점심 먹으러 안 나갈 거야. 으아랑 얘기 좀 해야겠어. 넌 킹이랑 점심 먹고 와. 무슨 일인지도 좀 물어보고. 내 말은, 음… 좀 이상해 보이잖아."

"알겠어요."

마이라도 꼬치꼬치 따지지 않고 쉽게 수긍해주자, 좀 기분이 진정됐다. 마이는 킹이랑 제법 친해졌으니까 이런저런 이야기를 해볼 수 있을 것이다.

* * *

이 말 없는 친구와 얘기를 나누며 속사정을 알아내야 하기 때문에 오늘 점심은 뙤약볕 아래 뜨거운 길거리 음식 대신 차갑고 조용한 분위기의 도시락으로 바뀌었다.

점심시간이 되자 다른 직원들은 모두 사무실을 빠져나갔고, 나는 으아와 단둘이 조용히 식사를 했다.

그의 눈치를 살피던 나는 마침내 물었다.

"으아, 정말 괜찮아?"

"왜?"

"너무 말이 없어서. 두통이라도 있어?"

"아니."

그는 여전히 단답형으로 '아니'라고만 했다.

그래서 나는 바로 본론으로 들어가기로 했다.

"금요일에는 킹이 널 집에 데려다준다고 했는데, 어디에 내려줬어? 킹이 네가 어디 사는지 알고 있었어?"

플라스틱 숟가락을 들고 있는 그의 손이 허공에서 멈췄고, 으아는 낮은 목소리로 대답했다.

"응, 집에 잘 데려다줬어."

"다행이다. 막상 보내고 나서, 킹이 네 집을 알고는 있는지 궁금했거든."

으아는 또다시 아무 말도 하지 않았다. 이 대화는 하면 안 될 것 같다. 하지만 그래도 너무 걱정이 돼서 묻지 않을 수 없었다.

"정말로, 괜찮은 거 맞아?"

으아는 여전히 말없이 앉아 있었고, 뭔가 말하고 싶은 표정을 짓고는 있지만, 결국 고개를 저었다.

"괜찮아."

"진짜?"

"응, 신경 써줘서 고마워."

그는 살짝 미소를 지으며 내 어깨를 몇 번 두드린 뒤 자리에서 일어나 도시락을 정리했다. 그가 탕비실로 사라지는 것을 보고 나는 한숨을 쉬었다.

으아는 늘 이런 식이다. 그가 어떤 사안이든 일단 말하지 않기로 작정했다면 도무지 제 입으로 털어놓게 할 방법이 없다. 그가 스스로 이야기를 꺼낼 수 있을 만큼 정리가 될 때까지 기다려야만 한다.

나는 마지막 생선 한 조각을 먹고 빈 도시락을 쓰레기통에 버렸다. 결국 마이가 킹에게서 단서를 얻어냈기를 바라며 손을 씻었다. 지난밤 그들 사이에 생긴 일이 서로를 영원히, 다시는 보지 않을 정도로 나쁜 게 아니기를 바랐다. 그렇지 않으면… 가장 불행한 사람은 가운데 있는 나일 것이다. 으아도, 킹도 내 친구니까. 상상만 해도 편두통이 몰려온다.

점심시간은 순식간에 지나갔다. 직원들이 사무실로 돌아오고 있었는데, 마이가 킹과 나란히 함께 걸어오는 것을 보고 나는 눈을 크게 떴다. 킹은 여전히 좋지 않아 보였고, 마이는 한 손에 버블티 컵을 들고 있었다.

"제이드 선배, 으아 선배. 여기요."

그는 버블티를 나와 으아의 책상 위에 올려놓고는 정중한 표정으로 미소를 지었다.

"고마워."

으아는 부드럽게 대답했다.

"일반 버블티로 사 왔는데, 좋아하실지 모르겠어요."

마이가 부드럽게 말하며 나를 천진난만하게 바라보았다.

"응, 정말 고마워."

내 대답에 그의 미소가 더욱 밝아졌다.

그는 다시 일을 하러 자리로 갔고, 나는 버블티를 음미하며 그를 바라보았다.

으아에게 버블티를 사주고 싶었지만, 으아만 사주는 건 너무 티 날 것 같아서 나 같은 선배에게도 사준 것이다.

좋은 트릭이야. 하지만 나를 속일 수는 없지.

다음에는 더 잘 숨겨봐, 꼬마야.

그의 노력이 오늘 아침 출근길부터 계획했던 나의 진짜 목적을 떠오르게 했다. 으아의 상태가 너무 좋지 않아서 마이에 대해 묻는 것을 깜빡했다. 이제 마이가 나에게 일용할 버블티를 주었으니, 나도 그에게 무언가 보답을 해야겠다.

"으아, 나도 이 파일 좀 복사해줄 수 있어?"

기회가 왔다.

나는 아무 종이나 집어 들고 사무실 뒤쪽에서 복사를 하고 있는 으아에게 달려갔다.

"몇 부?"

프린터기 앞에 서 있던 으아가 버튼 위에 손을 얹은 채 나를 돌아보았다. 그는 나에게서 문서를 받아 종이 트레이 상단에 놓았다.

"열 부. 아, 그리고 브로슈어 작업은 끝났어?"

"아직."

"마이한테 좀 도우라고 할까? 마이는 이미 할 일을 끝냈거든. 시간 있을 거야."

"아니, 이제 몇 페이지밖에 안 남았어."

나는 아침보다 조금 나아진 그의 모습을 보고 미션을 시작했다.

"마이가 우릴 도와줘서 너무 좋아. 정말 도움이 많이 돼."

"응."

"마이에 대해 어떻게 생각해?"

"일 잘해."

"그리고?"

"잘생겼고."

"와, 네가 누굴 칭찬하는 일은 거의 없는데!"

"나는 내가 본 그대로 말한 것뿐이야. 그리고 예의도 바르잖아."

그의 목소리는 단조롭지만, 내 친구의 마음속에 있는 마이의 이미지는 분명 긍정적이었다. 난 정말 기뻤다. 으아와 친구가 된 이후로 그가 이렇게 좋은 평가를 내린 사람은 거의 없었기 때문이다.

"맞아, 사람이 어떻게 그렇게 완벽할 수 있지? 마이의 애인이 되는 사람은 정말 행운아일 거야."

으아의 반응에 신이 난 나의 말에 그가 잠시 조용해졌다.

"그래, 운이 좋은 사람일 거야."

"만약에 마이 같은 남자친구가 생긴다면 어때?"

"좋겠네. 선수 같지는 않아 보여. 성실한 것 같고."

그는 기계에 종이를 넣느라 바빠서 내가 웃음을 숨기기 위해 애쓰는 것을 알아차리지 못했다.

마이의 일이 내가 이렇게나 기뻐할 일이야?

마치 내 자식이 결혼을 앞둔 느낌이다.

아, 마이. 이 형은 정말 기쁘다!

"하지만⋯."

"하지만?"

으아가 나에게 무언가 말을 하려는데 누군가 끼어들었다.

"다 끝났어? 나도 써야 해."

갑자기 끼어든 목소리는 별로 반갑게 들리지 않았다. 말하는 사람의 얼굴도 마찬가지였다. 나는 눈을 몇 번 깜박이고 무미건조하게 웃었다. 그리고 냉랭한 얼굴로 내 앞에 우뚝 서 있는 또 다른 가장 친한 친구를 바라보았다.

"아, 킹. 언제 왔어?"

"다 썼냐고. 좀 나와."

그는 내가 묻는 걸 완전히 무시했다. 그의 날카로운 눈빛은 내 옆에 있는 사람을 향해 있다. 사무실 안은 이미 추웠는데, 두 사람이 서로를 바라보는 순간 마치 겨울왕국에 와 있는 듯한 착각이 들었다.

너희 도대체 왜 그러는 거야?

왜 서로를 죽이지 못해 안달인 거야?

무슨 일이 있었길래 이렇게 화를 내는 건데!

"써, 이제 다 했으니까. 가자."

나는 킹을 돌아보지도 않고 으아를 끌어당겼다.

뒤에서 킹의 한숨 소리가 들렸다. 으아는 너무 멍해 보이고, 나를 따라오는 그의 눈에 공허함이 느껴졌다. 잠시 후 그는 나에게 복사한 시트를 쥐여주었다.

"네 거."

"고마워."

재빨리 건네받은 복사 종이를 들고 책상으로 돌아가려는데, 으아가 나를 다시 끌어당겼다.

"제이드."

"응?"

"너 이런 거에 관심 있어?"

"어떤 거?"

"그러지 마. 위험해. 먼저 의사에게 가봐."

나는 그가 책상으로 돌아가는 걸 바보처럼 지켜봤다. 그리고 복사된 종이를 내려다보고서 첫 문장을 읽자마자 나는 멍청한 나 자신을 저주하며 분쇄기로 달려갔다.

'당신을 위한 최고의 성기능 향상제! 더 나은 성 경험과 남성의 성기능 문제 치료를 위해.'

누가 내 책상 위에 이런 걸 올려놨어? 젠장!

내 아들은 여전히 건강하고 기능에 전혀 문제가 없다고!

* * *

월요일은 일주일 중에서 하루가 가장 긴 날이다.

누군가는 왜 그렇게 월요일이 길게 느껴지는지 꼭 연구를 해봐야 한다.

젠장! 할 일은 산더미인데, 가장 친한 친구 두 명은 퇴근 시간까지 하루 종일 아우라를 뿜어내며 눈으로 신경전을 벌였다. 그들 사이에서 눈치를 보느라 내 모든 생명력이 소진된 것 같다.

내일이 토요일이길…. 그게 내가 바라는 전부였다.

지금은 5분째 빨간불을 응시하고 있지만, 신호등 색깔은 여전히 변화가 없다. 평소에는 이렇게 길지 않은데, 어쩌면 오늘은 불운의 잭팟이 터진 날일 수도 있다.

"오늘 길이 왜 이렇게 막히죠?"

마이가 내 속마음을 정확히 읽은 듯이 말했다.

마이는 쉽게 불평하는 타입이 아닌데 이런 말을 했다면 오늘의 교통체증은 정말로 심각한 것이 맞았다.

벌써 오후 6시 30분이다.

퇴근길에 오른 지 거의 한 시간이 지났지만 우리는 아직 아삭 지역도 벗어나지 못했다.

하, 제발!

나 배고파 죽겠어!

"배고프세요?"

마이는 마치 내 생각을 읽을 수 있는 능력이라도 생긴 것처럼 계속 내 속마음을 이야기했다.

나는 힘겹게 고개를 끄덕였다.

"응, 왜 이렇게 막히는지 모르겠다. 혹시⋯."

"네?"

"아냐, 아무것도."

마이가 나를 물끄러미 보다가 웃었다. 그는 예쁜 눈을 초승달처럼 휜 채 '여기서 벗어나면 뭐라도 먹고 가요. 집까지 가려면 시간이 더 걸릴 것 같아요' 하고 말했다.

"음⋯. 그럼 좋겠지만 일단 콘도까지 가는 게 좋을 것 같아. 근처에 국숫집이 있는데, 가본 적 있어?"

"아뇨, 아직이요."

"마이, 그건 꼭 먹어봐야 해. 진짜 대박이야!"

"국수가요?"

"음, 사장님이 섹시하고, 귀엽고, 예뻐."

마이가 어이없다는 듯 시원하게 웃었다. 나는 또 깜짝 놀랐다. 칭찬하고 싶지는 않지만… 이 남자… 이렇게 웃는 모습까지 보는 내 눈이 즐겁다.

마이는 너무 훌륭해서, 나는 다음 생에는 꼭 이 사람처럼 되고 싶었다. 하지만 나처럼 종교의식이 별로 없는 사람은 그런 생을 살 만한 공덕이 부족할 게 분명했다.

이 사람처럼 완벽한 연인을 찾는 것은 아마 더 어려울 것이다. 이런 완벽한 남자가 어떻게 나 같은 평범한 사람에게 관심을 가질 수 있겠어?

"그럼 우리 다른 곳에서 먹어요."

그의 미소는 여전히 예의 바르지만 평소와 달리 눈빛은 어딘가 날카로웠다.

왜 오한이 들지…?

"왜?"

"사장님 보느라 선배가 국수 먹는 것도 잊어버릴 것 같아서요."

"절대 아냐. 누구도 감히 그럴 수 없지. 사장님 남편 진짜 무섭게 생겼거든. 팔뚝이 내 머리통만 할걸? 그리고 여자와 음식 중 하나를 선택해야 한다면, 미안하지만… 난 음식이야."

내가 너무 과하게 생각하는 것인지도 모르지만, 조금 전보다 그의 눈빛이 훨씬 밝아졌다. 다행히 몸에 든 오한도 물러가는 느낌이다.

"좋아요, 그럼."

"오케이! 아, 이제 가자. 신호 바뀌었어."

나는 신호등을 가리켰고, 마이는 고개를 돌리고 다시 액셀러레이터를 밟았다.

* * *

고속도로에서 나오는 데까지 한 시간이 더 걸렸다. 요란하게 울려대는 굶주린 배를 진정시키느라 고통스러웠지만, 눈앞에 놓인 국수를 보니 그동안의 고통이 싹 가시고 즐거움이 몰려왔다. 이 순간, 사장님이 아무리 핫할지라도 국수 위에 얹어진 이 양념 돼지고기보다 핫한 것은 없을 것이다.

쫄깃하고 맛있는 국수와 큼지막한 만두까지…. 사장님의 남편이 너무 무섭지만 않다면, 매일 여기서 먹고 싶었다.

"어때?"

순식간에 절반을 먹어 치우고 나서야 조금 여유를 찾은 나는 마이에게 음식 맛이 어떤지 물었다. 그의 국수 그릇도 거의 비어 있었다. 정말 맛있어서 혹은 너무 배가 고팠던 것뿐일지도 모르지만.

"아주 좋아요."

마이는 마지막 만두를 먹고도 한 그릇 더 주문하는 것으로 그냥 하는 말이 아니라는 걸 증명했다.

와, 너 정말 많이 먹는구나.

아니지, 꼬마니까 무럭무럭 자라려면 많이 먹어야지.

"더 드실래요?"

"아니, 난 배불러. 아, 맞다. 오늘 점심시간에는 킹이랑 얘기 좀 해봤어?"

"으아 선배랑 약간 오해가 있다고만 하고, 무슨 일인지는 말 안 했어요."

나는 그릇을 정리하며 포만감과 피로가 뒤섞인 한숨을 내쉬었다.

"그 두 사람, 상성이 별로 안 좋아."

"이런 일이 자주 있어요?"

"응, 근데 이번엔 정말 크게 싸웠나 봐. 생각만 해도 스트레스가 밀려와."

"글쎄요, 친구끼리 가끔 싸우기도 하잖아요."

"하지만 자주 그러면, 그것도 건강한 관계는 아닌 거니까. 이럴 땐 어떻게 해야 할지 모르겠어. 무슨 말인지 알아?"

나는 입술을 삐죽거렸다. 오늘 그들의 냉랭한 기운에 얼마나 몸을 떨었는지 생각만 해도 숨이 턱 막힌다. 너희들끼리 어떤 난장판을 벌이든 간에 나같이 중간에 낀 사람도 생각 좀 해달라고!

"시간이 좀 걸리겠지만, 그래도 분명 해결될 거니까 너무 걱정하지 마세요."

테이블 위를 가로질러 내 손 위에 살포시 놓인 그의 커다란 손이 나를 몹시 긴장하게 했다.

이 손을 치우고 싶지는 않다.

내 말은… 마이는 나를 격려하려는 거니까, 내가 그렇게 하면 기분이 상할 거 아냐…?

그리고 난 여자도 아닌데 이런 일을 그렇게 심각하게 생각하는 것도 이상하지.

그때 사랑스러운 사장님이 마이에게 국수 한 그릇을 더 가져다주었다. 마침내 그의 손이 내 손을 떠났고, 나는 안도의 한숨을 내쉬며 남은 국수를 먹었다.

"생각해보니 집에 돌아가기 전에 저녁을 먹는 게 참 좋은 것 같아요."

"맞아. 밖에서 밥 먹고, 식사 걱정 없이 방으로 돌아가니까 편해. 들어가자마자 그냥 바로 샤워하고 여가를 즐길 수도 있고."

"그럼, 앞으로 우리 같이 저녁 먹어요."

"너… 외로움 많이 타? 저녁 같이 먹을 사람이 필요한 거야?"

나는 그를 놀리듯 물었다.

"혼자 먹는 것보다 좋아요."

마이가 내 눈을 지그시 쳐다보았다. 그의 눈은 술에 취한 그날 밤처럼 반짝였다.

정말 반짝거린다….

근데 왜 자꾸 나한테 그런 얼굴을 하는 거야?

어쩌면 그냥 정말 빛이 비친 건데 내가 착각하는 걸까?

"좋아, 좋은 생각이야."

집에서 음식을 해 먹고 설거지하고 쓰레기를 치우느라 시간이나 자원을 낭비할 필요가 없는 건 좋은 일이니까.

"사무실 옆 골목에 야시장이 있어. 아마 한 번도 가본 적 없을 거야."

"네, 안 가봤어요."

"내가 안내해줄게. 맛있는 음식들이 많아."

"잘 부탁드려요."

그는 나에게 활짝 웃어 보였고, 바로 후루룩 그릇을 비워내는 걸 보며 나는 생각했다.

어쩌면 누군가를 이렇게 곁에 두는 게 그렇게 나쁘지 않을지도 모른다. 친구 사이보다는 깊고, 연인 사이보다는 얕은. 친구와 연인, 그 사이 어딘가. 저녁을 같이 먹으면서 외로움을 느끼지 않을 수도 있고···. 게다가 마이는 매일 나를 태워 줄 만큼 친절하니까.

그는 정말 대단한 사람이다. 이런 말을 계속해도 지겹지 않을 정도다.

넌 정말 칭송을 부르는 좋은 아이니까, 이 제이드 형이 널 내 친구와 꼭 연결해줄게. 두고 봐!

07

외로움이 다시 고개를 들 때

마이와 매일 저녁을 먹기 시작한 지 벌써 일주일이나 지났다. 그리고 어느새 그와의 식사 약속은 이제 저녁뿐만 아니라 아침과 점심까지 함께하는 것으로 바뀌었다.

대학에 다니는 동안에도 이렇게 자주 붙어 다니며 식사를 한 친구는 없었는데….

요즘은 매일 퇴근 후에 그와 함께 그동안 가보고 싶었던 회사 건물 옆쪽 맛집 골목 투어를 하거나 집에서 가까운 시장에서 길거리 음식을 즐겼다. 그는 내가 가자고 하는 곳은 어디든 군말 없이 따라나섰다. 어떤 날은 그가 밥을 사주기도 했는데, 얻어먹은 것이 너무 많을 때는 보답으로 음료든 간식이든 사줘야 할 것 같은 느낌이 들었다. 마이는 나한테 뭘 받는 걸 대부분 거절하는 편이지만, 그래도 나는 꼭 그에게 뭔가 보답을 하고 싶었다.

그가 부유한 집 자식이라는 건 알지만, 그래도 나는 선배이고, 나이도 많고, 돈을 벌고 있는 직장인이니까. 그에게 밥값까지 지나치게 의존하고 싶지도 않았다.

그렇게 우리는 하루에 12시간 이상, 일주일에 5일 이상을 만났고, 대부분의 시간을 함께 보냈다.

또한 마이는 그동안 회사에서 함께 일했던 인턴 중 가장 재능 있었다. 일의 부담을 줄여줄 수 있는 사람이 옆에 있다는 건 정말 행운이었다. 심지어 그는 매너도 좋고, 누구에게든 친절해서 사무실 모든 직원에게 사랑받았다. 사람들이 마이를 칭찬하는 걸 볼 때마다 사수로서 그를 자랑스러워하지 않을 수 없었다. 내가 전적으로 그를 맡고 있기 때문에 그를 칭찬하는 것은 나를 칭찬하는 것이기도 했다.

다시 한번 말하지만 마이가 사람들에게 사랑받는 이유는 일도 잘하면서 잘생겼고, 섬유유연제 같은 부드러움으로 우리 IT 소녀들을 감동시키는 데다가 친절하기까지 했기 때문이다. 마이는 때때로 부서 사람들을 위해 간식을 준비하기도 했는데, 그가 제공하는 무료 간식에 푹 빠진 사람들은 그를 더욱 아꼈다. 심지어 인턴인 그는 우리와 같은 인사 평가 대상도 아니다 보니 명실상부 IT 부서에서 새로운 만인의 연인이 되었다.

하지만 나는 마이가 내 친구 외에는 누구의 연인도 되고 싶지 않을 것이라는 사실을 알고 있다.

내 오른쪽 책상에 앉아 있는 으아를 힐끗 보니, 그는 무표 정한 얼굴로 컴퓨터 화면을 응시하고 있다. 벌써 일주일이 지 났지만 그와 킹 사이의 경색된 관계는 아직 풀어지지 않은 것 같았다. 그들은 어떤 사소한 대화조차 거의 나누지 않았는데, 내가 그동안 두 사람이 화해할 기회를 만들기 위해 최선을 다 했음에도 전부 소용이 없었다.

도대체 얼마나 심하게 싸운 거야?

아니면 혹시….

전에 읽었던 소설에서처럼 둘이 너무 취해서….

나는 둘을 번갈아 바라보다가 재빨리 이 이상한 생각을 머 리에서 떨쳐버리려고 고개를 흔들었다.

이 둘 사이에 그런 섹슈얼 스캔들이…?

안돼, 제이드.

서로 얼마나 싫어하는지 알면서 그래. 아무리 술에 취했어 도 그런 일이 생겼을 리는 없어.

아무래도 연애 소설을 너무 많이 읽은 것 같다. 그만 명탐 정 코난에게로 다시 복귀해야겠다.

나는 과도한 생각들을 멈추고 그들이 스스로 해결하기를

잠자코 기다리기로 결정했다. 킹은 화를 잘 내지만 그만큼 쉽게 후회한다. 그래서 그는 이 긴장감을 영원히 감당할 수는 없을 것이고, 언젠가는 으아와 대화할 방법을 찾으려 할 것이다. 나는 그저 지켜보면서 마이와 내 친구의 관계를 어떻게 발전시킬지 집중하면 된다.

손가락으로 책상을 톡톡 두드리는데 여전히 마음이 무거웠다. 으아가 요즘 제정신이 아닌 것 같아서 모든 것이 어려웠다. 내가 마이와의 저녁 식사에 초대했을 때는 피곤하다며 거절했다.

도대체 내가 뭘 해야 하지?

"선배, 제이드 선배!"

"으앗!"

갑작스럽게 내 뺨에 닿은 차가운 감촉에 깜짝 놀란 나는 비명을 질렀다. 고개를 돌리자 스무디 컵을 들고 있는 남자를 발견했다.

"스트레스받는 것 같은데… 무슨 일 있으세요?"

"아, 아무것도 아니야. 그냥 일에 대한 거야."

사실 이건 너에 관한 일이야, 꼬마야.

마이는 부드러운 미소를 지으며 스무디 컵을 건넸다.

"이게 뭐야?"

"수박스무디예요. 기분이 좀 나아질 거예요."

"응? 갑자기 웬 스무디?"

나는 수박스무디를 한 모금 마시며 물었다.

그동안 내가 먹어봤던 흔한 수박스무디에 비해 많이 달지 않았다.

"선배 매일 버블티 마시잖아요. 건강에 안 좋을 것 같아서요. 오늘은 시럽 조금만 넣은 수박스무디로 사봤어요."

아, 알겠다. 그래서 찡한 달콤한 맛이 나지 않았구나.

나는 그가 건강한 식습관을 가진 사람이라는 걸 새삼 떠올렸다. 그러고 보니 그가 달달한 걸 먹는 모습을 본 적이 없다. 우리 집에서 하룻밤 보낸 날도… 탄탄한 근육질에 초콜릿 복근을 가진 몸이었지. 아마도 꾸준한 식단 관리와 운동을 병행한 자기 관리의 결실이었을 것이다.

나는 이 남자의 교복 아래 감춰진 넓고 탄탄한 어깨를 흘끔거리다 질투가 났다. 여기 있는 이 제이드는 종잇장처럼 퍽퍽한 닭가슴살 단백질을 섭취하는 것보다는 푸짐한 밥과 돼지갈비찜에 눈이 돌아가는 사람이고, 그런 몸을 갖기 위해 맛있는 음식을 포기할 생각도 전혀 없기 때문이다.

안녕, 내 상상 속 복근.

이 꿀돼지에게 인사해줘.

"괜찮아요?"

이런 사려 깊은 배려에 너무 정직한 것은 좋지 않겠지…?

"응, 괜찮아. 너무 달지 않고 괜찮네."

"다행이에요. 근데 으아 선배는 어디 계세요?"

마이가 주위를 둘러보며 물었다. 나는 수박스무디 한 잔을 더 발견했고, 그가 으아에게도 주기 위해 두 잔을 사 왔다는 것을 알았다.

"화장실 갔을 거야. 금방 오겠지."

난 그의 마음 씀씀이가 좀 안타까울 때도 있었다. 그는 으아에게만 음료를 사주고 싶을 테지만, 의심을 피하기 위해 항상 내 것도 사주어야 하니까 말이다. 나한테 이런 식으로 돈 낭비를 하다니. 그나마 다행인 건 그가 잘사는 집 아들이라는 거다. 이 정도로는 그의 지갑이 큰 타격을 입지 않을 테니까.

고로 이건 기회다. 마이가 으아에게 고백하고 나면, 다시는 이런 대접을 받을 수 없을지도 모르니까. 즐길 수 있을 때 최대한 누려야 한다.

"아, 킹은 어때? 같이 점심 먹으러 간 거 아냐?"

나는 서둘러 마쳐야 하는 긴급 작업이 있어 으아와 사무실에서 간단히 점심을 먹었다. 그래서 마이를 킹과 함께 보냈지만, 돌아온 것은 마이뿐이었다.

"화장실에요, 저기."

돌아서서 내 절친들이 성난 얼굴로 함께 걸어오는 것을 보고 갑자기 몹시 피곤해졌다. 으아는 냉랭한 분위기를 풍기며 자리에 앉았고, 킹의 조롱 섞인 웃음이 그 뒤를 이었다. 마이의 날카로운 눈은 여전히 으아를 바라보고 있다.

"왜 그런 얼굴이야? 점심이 맛없었어?"

내가 넌지시 말을 걸자 킹이 마침내 시선을 돌렸다.

"어."

음…. 그는 지금 장난을 치고 있는 게 아니라 정말로 화가 난 것처럼 보였다.

좋아, 그냥 둘게.

마이는 으아에게 다가가 스무디를 건네주고 업무와 관련된 대화를 나누었다. 으아는 이제 마이와 이야기를 나눌 때 훨씬 여유로워 보였다. 마이는 예의 바르고 잘 웃는 사람이며, 특유의 그 부드러운 미소는 그를 보는 사람이라면 누구라도 따라 웃지 않을 수 없게 만든다.

나는 마이가 무섭게 구는 모습은 상상도 할 수 없지만, 그런 사람들이 화를 낼 때면 킹 같은 사람보다도 훨씬 무서울 거라는 건 알고 있다. 그래서 나는 그가 화를 내는 상황이 생기지 않도록 최선을 다할 것이다.

* * *

직장 생활을 하다 보면 언제든 돌발적으로 무슨 일이 생길 수 있고, 그런 일이 언제 생길지는 정말 예측하기가 어렵다. 예를 들면, 나는 일을 다 했는데 상사가 갑자기 모든 일을 처음부터 다시 하라고 할 수도 있다. 아니면 일을 마무리하고 퇴근하려는 순간에 갑자기 급한 일을 맡게 돼 야근을 하는 일이 생길 수도 있다.

지금처럼 말이다.

"제이드, 정말 미안. 근데 오늘 수의사한테서 전화가 왔어. 레몬이 오늘 밤을 못 넘길 수도 있다고 해서…. 레몬을 보러 가야 해."

항상 일을 할 수 없는 핑계를 백 가지씩은 쟁여놓는 것 같은 선배 몽콘이 오늘도 아주 슬픈 표정으로 나에게 다가왔다.

"어… 이건 지난주에 바스 선배가 선배한테 맡긴 일이잖아요."

"그래, 그래서 오늘까지 야근해서 끝내려고 했는데, 우리 레몬이 오늘을 넘기지 못할 것 같아. 근데 웹사이트에 내일 아침까지 이걸 올려야 해."

"하지만!"

"레몬은 10년 동안 나의 가장 친한 친구였어. 10년이야, 제이드. 그의 마지막 순간에 내가 옆에 있어야 해. 이해해줘."

그는 붉어진 눈으로 내 손을 꼭 잡고 눈물을 흘렸다.

결국 나는 선배가 반려견의 마지막 순간을 함께 보낼 수 있도록, 몇 주 동안 그가 미뤄뒀던 일을 하느라 사무실을 벗어날 수 없을 것이라는 사실을 받아들이고는 말없이 앉았다.

나에게 다른 선택지가 있기는 할까?

난 정말이지 아무 요구도, 거절도 할 수 없다.

다들 이런 거지…?

"알았어요. 제가 도와드릴게요…. 그리고 멜론이…."

"레몬."

"네, 레몬… 좋은 곳으로 가길 바랄게요."

"넌 정말 상냥해. 내일 커피 사줄게."

그는 내 어깨를 툭툭 두드리고 나서 재빨리 사무실을 떠났고, 나는 시계를 확인했다. 아직 오후 5시 30분도 안 됐다. 그렇지만 CEO 사촌이라는 특권이 그를 어떤 문제에서도 구해줄 것이다.

그리고 나는 그가 말한 커피에 대해서는 일말의 기대도 없다. 지금까지 선배가 나에게 약속한 커피만 열 잔은 족히 넘었지만, 아직 한 잔도 받아본 적이 없다.

"이게 뭐예요, 대체! 그 인간 또 갑자기 개가 죽어간대요? 무슨 1년 동안 개가 죽어가는 일이 세 번이나 있어요? 개를 몇 마리나 키우는 건데요, 그 사람. 빌어먹을!"

건이 몽콘 선배가 있으면 들으라는 듯 크게 소리쳤다.

나는 한숨을 내쉬고는 급격하게 몰려오는 피로를 느끼며

The Middleman's Love

몸을 뒤로 젖혔다.

"모르겠다, 나도. 개 농장이라도 가지고 있나 보지."

나는 체념조로 중얼거렸다.

"내가 너라면 그냥 사장님한테 일러바칠 거야. 그 못된 놈 엉덩이를 걷어차이게. 너 항상 그 사람한테 휘둘리고 있잖아, 제이드."

퇴근하기 전에 화장을 고치던 파이 선배도 화가 나서 말했다.

"제가 아니면 또 누가 하겠어요. 어차피 누군가 할 때까지 계속 저럴 건데, 상황이 더 나빠지기만 할 거예요."

"뭐, 그렇긴 하지만…. 하, 진짜 내가 다 화가 나. 바스에게 새로운 그래픽 디자이너를 뽑아달라고 말하면 안 돼? 몽콘은 무책임한 데다 거짓말쟁이고, 입도 험해. 나한텐 옷 사는 데 만 돈을 퍼붓는다고 비난하기까지 했다니까. 그리고 화장한 것까지 지적했다고! 내 화장이 그 사람이랑 도대체 무슨 상관 이야!"

파이 선배는 계속해서 울분을 토했고, 나는 그저 고개를 떨구고 앉아 있었다.

부서 관리자인 바스 선배는 지난 이틀 동안 지독한 독감에 걸려 회사에 나오지 못했다. 나는 아픈 사람에게까지 불평을 하고 싶지 않았다.

"걱정 마. 나도 도울게."

몽콘 선배의 컴퓨터를 들여다보며 으아가 말했다.

"와우, 넌 역시 내 베스트 프렌드야! 세상에서 제일 다정해!"

나는 그의 목에 팔을 둘렀다.

으아는 살짝 웃으며 내 팔을 떼어내고는 몽콘 선배의 미완성 작업 파일을 자신의 이메일로 전해달라고 했다.

"마이, 먼저 가. 나 야근이야."

나는 방금 화장실에서 돌아온 마이에게 말했다.

"야근이요?"

마이가 눈썹을 치켜올렸다.

"몽콘 선배 일이야. 먼저 집에 가도 돼. 으아가 도와줄 거야."

"저도 남을게요. 그럼 더 빨리 끝낼 수 있을 거예요."

나는 그에게 어서 집에 돌아가라고 한마디 더 하려다가, 아마도 으아와 좀 더 오래 있고 싶어 하는 것 같아서 그만두었다.

좋아, 그럼 마음껏 즐겨!

시곗바늘은 계속 똑딱거리며 흘러갔고, 부서 사람들은 하나둘씩 사무실을 떠나기 시작했다. 킹을 비롯한 몇몇 프로그래머들만 테스트를 위해 남아 있고, 내가 속한 그래픽 팀은 레이아웃 작업을 하느라 바빴다.

오후 6시가 넘은 시각, 갑자기 휴대폰 벨이 울렸다. 으아가 전화를 받았고, 몇 마디 말을 나누다가 점점 얼굴이 하얗게 질렸다.

"으아, 괜찮아?"

그의 하얀 얼굴이 더욱 창백해 보였다.

"엄마가 교통사고로 병원에 가셨대."

"뭐? 괜찮으시대?"

"큰 사고는 아니었대. 지나가던 차에 스쳤다는데, 그래도 내가 가서 치료비를 처리해야 해."

으아는 서둘러 가방을 챙겼다. 그는 걱정스러운 마음을 숨기지 못했다. 비록 어머니와 사이가 좋지 않았지만 그래도 자신의 어머니였다.

"어떻게 가? 너 차 안 가져왔잖아."

얼마 전 누가 그의 차 미등을 박살 내버리는 바람에 수리를 맡긴 상태였고, 그래서 지난 며칠 동안 사무실까지 지상철을 타고 다녔다.

"택시 타고 가려고."

나는 내 옆에 앉은 마이를 바라보았다. 동시에 나의 천재적인 두뇌가 번쩍이며 작동했다.

"마이가 널 데려다주면 되겠다."

나는 그렇게 말하면서 마이의 소매를 잡았다. 그의 얼굴이 멍해졌다.

꼬마야, 멋진 아이언맨 슈트를 착용할 기회야!

얼른 받아들여!

"괜찮아, 난…"

"지금 이 시간엔 교통체증이 엄청 심할 거야. 택시비가 얼마나 나올지 몰라. 마이가 태워주는 게 나을 것 같아, 그렇지, 마이?"

"아, 어… 네, 그럴 거예요."

"난 괜찮아."

"내가 태워다줄게."

갑자기 킹의 낮은 목소리가 들렸다. 그는 당장 컴퓨터를 끄고 일어나 차 키를 움켜쥐었고, 그런 그의 모습에 마이와 으아를 이어주려던 나는 좌절했다.

"킹, 너 야근해야 하는 거 아냐?"

"방금 다 했어."

킹이 가만히 서 있는 으아를 바라보며 말했다.

내 뇌세포는 이 상황의 돌파구를 찾기 위해 마구마구 돌아가기 시작했다.

"하지만!"

"마이가 가면 넌 집에 어떻게 가려고?"

"지상철."

킹의 물음에 나는 즉시 대답했다.

됐지?

이제 내 걱정은 하지 마, 친구.

난 괜찮다고. 그러니까 넌 빠져!

"마이는 제이드랑 있어. 너희 콘도는 바로 맞은편에 있잖아. 으아 어머니는 우리 집 근처 병원에 계시다니까. 그게 모두에게 다 좋은 선택이야."

"하지만…."

"네 일도 아직 안 끝났잖아. 으아도 없을 거니까 마이가 남아서 좀 도와줘. 난 으아를 데리고 병원으로 갈게."

나는 더 이상 반론을 제기하지 못한 채 말없이 서 있었고, 그사이 킹이 결론을 내렸다. 내가 할 수 있는 일은 킹이 으아를 향해 다가가는 모습을 지켜보는 것뿐이다.

"나랑 갈 거야, 안 갈 거야?"

으아는 바로 대답하지 못하고 잠시 머뭇거렸다.

"고마워."

"별거 아냐."

킹이 퉁명스레 대답하며 사무실 밖으로 빠져나갔다.

으아는 나를 돌아보며 미안해했다.

"도와주지 못해서 미안해."

"아냐, 괜찮아. 이제 곧 끝날 거야. 얼른 어머니께 가봐."

그는 내 어깨를 부드럽게 두드리고 킹을 따라 나갔다.

"내일 봐."

"응, 킹한테 안전하게 운전하라고 전해줘."

그리고 제발, 병원에 도착하기 전에 서로 죽이지도 말고.

나는 그들이 차 안에서 부디 무사하기를 기도하며 몹시 걱정스러운 얼굴로 떠나는 모습을 지켜보았다. 둘은 아직 화해한 상태가 아니라서 킹이 이렇게 으아를 태워 가는 것이 최선인지 확신할 수는 없었다. 하지만 이런 상황에서 킹이 상황을 더 악화시키지는 않을 것이다. 뭔지는 모르겠지만, 마침내 지난 오해를 풀고 그간의 냉전을 종식할 기회를 얻게 될 수도 있다.

나는 다시 뒤돌아 컴퓨터 화면을 바라보았고, 마이도 나를 따라 돌아섰다.

그에게 공연히 미안한 마음이 들었다. 나 없이 으아와 단둘이 있을 기회였는데, 킹이 그 기회를 훔쳐 갔다. 결국 그는 또 나와 함께 있어야 한다.

언젠가 내가 꼭, 이 어린 양의 빼앗긴 기회를 반드시 되돌려줄 거야!

"제이드 선배."

"응?"

나는 작업 중인 온라인 카탈로그의 브로슈어 레이아웃에 시선을 묶어둔 채 대답했다.

내 생각에 이 일은 30분 안에는 끝날 것이고, 그러면 7시 쯤에는 집에 갈 수 있을 것이다.

"배고프지 않으세요?"

"아, 아니. 지금은 괜찮…."

바로 그 순간 배 속에서 요란한 소리가 울렸다. 입이 떡 벌 어지고 당혹감이 내 온몸을 뒤덮었다.

젠장.

이젠 내 배까지 주인 뜻을 안 따라주네!

너 왜 하필 지금 불평하는 거야?

나는 입술을 앙다물고, 민망함을 감추기 위해 표정을 관 리했다. 그럼에도 지금 당장 쓰레기통에 머리를 집어넣고 싶 었다.

잠시 후 마이는 큰 쿠키 상자를 가지고 돌아왔다.

"좀 드실래요?"

마이가 내 얼굴을 똑바로 보는 것이 너무 부끄러웠다. 나 는 창피함을 숨기기 위해 서둘러 상자 뚜껑을 열어 쿠키를 입 에 넣었고, 지켜보던 마이의 웃음소리가 들렸다.

하…. 또 이 꼬마 앞에서 바보같이 굴었어. 미치겠다.

"하하하…. 너 배가 고팠나 보구나!"

나는 우렁찬 꼬르륵 소리의 출처가 마치 그인 것처럼 굴 었다.

그래… 방귀 소리 난 것보단 낫잖아…?

"그러게요. 그래도 쿠키가 있어서 다행이에요. 다 끝내고 저녁 먹어요."

이 남자는 이런 걸 굳이 화제 삼지 않을 정도로 사려 깊고 착하다. 만약 킹이라면 숨넘어갈 정도로 나를 놀려댔을 것이고, 지금쯤이면 난 그를 죽이겠다고 달려들었을 것이다.

"그래, 조금만 더 하면 돼. 아마 7시 정도면 될 거야. 근데 우리가 가기 전까지 시장이 문을 닫지 않아야 할 텐데…."

나는 너무 늦어서 콘도 근처의 자주 가는 시장이 문을 닫지는 않을지 걱정스러웠다. 체증이 풀리지 않으면 아마 랏크라방에 도착하는 건 9시나 되어야 할 테고, 그 시간이면 우리가 먹을 수 있는 건 아무것도 없을 것이다. 어떤 맛집은 두 시간 만에 음식이 동나기도 했다. 게다가 목요일인 오늘은 사무실 건물 옆 맛집 골목 장터도 열리지도 않는 날이었다.

"집에 가기 전에 쇼핑몰에 들르는 건 어때요?"

나는 그거 괜찮겠다고 동의하고 서둘러 작업에 매달렸다. 마이 앞에서 또다시 부끄러워지는 일이 없도록 요란한 꼬르륵 소리를 감추기 위해 마우스 소리를 일부러 크게 냈다.

부끄러운 건 한 번이면 족해.

난 지금 마이 쪽을 쳐다보는 것조차 창피하다고!

***

허기가 지는 만큼 우리는 일을 훨씬 더 빨리 끝낼 수 있었다. 정확히 오후 7시에 일을 마쳤고, 지금은 이미 다른 직장인들이 퇴근 후 여유로운 시간을 즐기고 있는 쇼핑몰에 와 있다.

마이와 나는 일식당에서 정신없이 교자를 집어 먹었고, 그러는 동안 내 눈은 연신 지나가는 사람들을 살폈다.

밸런타인데이가 다가오고 있다 보니 백화점 곳곳에서 관련된 특별 이벤트와 박람회가 열리고 있었다. 그래서인지 이런 시즌을 즐기는 커플들이 많이 지나다녔다.

평소라면 이런 공공장소에서 커플들 보는 것쯤 전혀 신경 쓰이지 않았는데, 지금은 왜 이렇게 외로울까?

내 첫 연애는 9학년 때였다. 당시 내 여자친구는 만난 지 한 달도 채 안 되어서, 나보다 잘생긴 10학년 선배에게로 가 버렸다. 그 이후로도 가까운 사이였던 사람들이 여럿 있었지만, 결국 그들이 킹이나 으아에게 다가가기 위해 내게 접근했단 것을 알게 됐다.

내 사랑은 언제나, 내가 모르는 사이에, 내 손이 닿지 않는 곳으로 빠져나갔다. 누군가에게 가슴이 설레었던 순간이 언제였는지, 그때 기분은 어땠는지 이제는 기억도 나지 않는다.

나도 저 행운아들처럼 사랑에 빠질 수 있을까?

"선배."

"어?"

마이의 목소리가 나를 잡념 속에서 끌어냈다. 나는 천천히 그를 돌아보았고, 그는 나에게 교자 접시를 내밀었다. 나는 혼란스러워져서 그를 다시 바라보았다.

"제 것도 드세요."

"아, 괜찮아."

내가 교자를 정말 좋아하지만, 그의 것까지 빼앗아 먹을 순 없다.

"드세요. 저 교자 별로 안 좋아해요."

"어… 그럼 좋아. 고마워."

덕분에 망설이던 마음이 순식간에 사라졌다. 나는 젓가락으로 그의 접시 위에 놓인 교자를 집으려고 했지만, 벌써 내 입가에 교자 조각이 와닿았다. 마이의 손이 내 젓가락질보다 훨씬 빨랐다.

"여기."

뭔가 이상한 느낌인데….

나는 잠시 버벅거리다가 입을 벌려 교자를 받아먹었다.

뭘 또 지나치게 생각하고 있는 거야, 제이드.

으아도 가끔 손이 바쁜 나에게 과일을 먹여주곤 했다. 서로 먹여주는 것은 이렇게 평범한 행위다.

물론 내 손은 그런 일을 허락하지 않지만.

나는 마이를 가만히 올려다보았다. 그는 지금도 평소처럼 정중한 미소를 건네고 있었고, 아무것도 이상하게 느껴지지 않았다.

이것이 그가 주변 사람들을 돌보는 방식인가 보다. 그리고 난 기본적으로 그의 선배니까, 마이가 나를 이렇게 챙겨주는 건 그다지 특별한 일이 아닐 것이다.

마이가 나 같은 사람을 얼마나 잘 대하는지 보면, 그가 자신의 연인에게는 얼마나 더 잘할지 분명하게 알 수 있었다.

* * *

"마이, 나 화장실 좀 다녀올게."

마이는 고개를 끄덕이며 근처 이벤트 부스를 가리켰다.

"전 저기 있을게요."

"응."

나는 식당에서 나와 바로 화장실로 향했다. 화장실을 다녀온 뒤 마이가 있는 부스로 가는데 곳곳에 밸런타인 장식이 즐비하게 늘어서 있었다. 주변에서 사진을 찍고 있는 커플들 눈에서는 행복이 뚝뚝 떨어졌고, 그런 데 눈길을 주다 보니 또다시 외로운 마음이 고개를 쳐들었다.

스물일곱 살인데 아직 애인도 없다. 주변 친구들은 모두 사랑을 하고, 연애를 하고, 약혼 그리고 결혼을 해서 아이도 갖는다. 나만 여태 이러고 있다. 이런 기분을 누가 알까.

물론 이것도 괜찮지만… 누군가와 함께 있으면 더 좋을 것 같다. 내가 느끼는 외로움은, 이젠 아마도… 진짜일 것이다.

나는 부스가 설치된 홀로 가서 마이를 찾았다. 그리고 금세 찾을 수 있었다. 그는 군중 속에서도 훤칠하게 키가 커서 금방 눈에 띄었다. 그에게 다가가려는데 두 소녀가 서로 속닥거리며 휴대폰을 들고 마이에게 향하려는 것을 발견했다. 그의 전화번호를 노리는 게 틀림없었다.

"마이."

나는 부스 안으로 들어가 평소보다 더 가까이 그에게 다가섰다. 나를 발견한 마이의 얼굴에는 놀란 기색이 엿보였다.

"무슨 일 있어요?"

"저 애들, 네 번호를 얻고 싶은가 봐."

나는 고갯짓으로 뒤쪽을 가리켰고, 그는 그쪽을 한번 보고는 무안하게 웃었다.

"이런 일 많지?"

"가끔요."

내가 더 말을 하려는데 갑자기 그가 내 손을 잡았다. 커다란 손의 온기에 나는 뻣뻣하게 굳어버렸다.

"손 좀 빌릴게요."

그가 낮은 목소리로 부드럽게 속삭였다.

나는 그가 여자들을 쫓아내려 한다는 걸 눈치챘다. 휴대폰을 들고 있던 여자아이가 실망한 표정을 짓는 걸 보니 안타까웠다.

미안해요, 아가씨.

이 남자는 내 친구를 만나야 해서….

당신에게 이 남자를 넘겨줄 수가 없네요.

"손이 너무 차요."

마이가 내 손을 더 꼬옥 잡으며 말했다.

하지만 나는 이 주변이 유난히 덥다고 느끼며 그저 가만히 서 있었다.

여기 에어컨 고장 났나 봐.

"방금 손 씻어서 그래."

나는 다시 뒤를 돌아보고 긴 한숨을 내쉬었다.

"이제 갔어. 놔도 돼."

하지만 마이는 내 손을 놓지 않았다.

"여기 계속 돌아다닐지도 몰라요."

"음… 귀엽지 않아? 관심 없어?"

나는 그의 의중이 어떤지 떠보고 싶었다. 하지만 그는 내 눈을 지그시 바라보며 미소를 지었다.

"전혀요. 이미 마음속에 있는 사람이 있어요."

사람들은 거짓말을 할 때 눈을 마주치지 않으려고 한다. 하지만 지금 그의 눈빛은 조금의 망설임도 없이 차분했고 진심 어린 모습이라 나는 그의 말을 전적으로 믿었다.

"와, 그거 멋지다. 그 사람이 들었으면 완전 반할 것 같아."

내 감탄에 마이는 목덜미에 손을 얹고 멋쩍어했다.

귀가 몹시 빨갛다.

내 칭찬이 부끄러운 걸까?

사랑스럽다….

이 남자는 사랑스럽기까지 해….

"좀 더 둘러볼래요?"

"아니, 집에 가자. 이제 쉬고 싶어."

"알겠어요."

마이는 여전히 내 손을 놓지 않은 채 에스컬레이터로 다가갔다. 그리고 주차장에 도착할 때까지 놓아주지 않았다.

그의 손에서 느껴지는 따뜻한 온기가 천천히 내 피부 속으로 스며들어 기억으로 남았다.

나는 여섯 살이나 어린 남자를 따라 걸으며 조용히 미소 지었다.

그는 대단한 사람이다.

정말로.

08

모두가 꿰뚫어보는 것

내 친구들의 불화가 해결되기를 바랐던 게 그저 공상만은 아니었던 것 같다. 킹이 으아를 병원에 데려다준 날 이후로 그들은 드디어 이전으로 돌아와 평소와 다름없이 행동했다. 킹은 다시 특유의 그 짜증 나는 놈으로 돌아왔고, 으아는 조용하지만 때때로 킹에게 반격을 가했다. 마치 아무 일도 없었던 것처럼 그들에게서 느껴지던 냉랭한 기운이 사라졌다.

"아논, 넌 너무 까다로워. 사람들이 널 생각해서 선물을 주는데, 그걸 이렇게 야멸차게 거절할 권리는 없다고. 일부러 튕기는 거야?"

"난 모두를 상대로 희망 고문이나 하는 누구랑은 달라. 퐁 선배에게도 분명히 해두는 것뿐이라고."

"난 그들이 깊은 상처를 입지 않도록 예방하는 것뿐이야."

"아, 그래? 난 그런 걸 개자식이라고 해."

"…."

나는 가운데 앉아 이른 아침부터 신랄한 말다툼을 벌이는 둘을 보며 눈만 깜빡였다. 이건 좀 재미있다. 비록 그들의 말이 꽤 거칠긴 하지만, 적어도 지금 서로 대화를 나누고 있다. 병원으로 가는 동안 무슨 일이 있었는지는 알 수 없지만, 최소한 둘의 냉전은 끝이 났고, 덕분에 나같이 중간에 낀 사람도 더 이상 눈치를 보지 않아도 된다.

가장 친한 친구 둘이 싸우는 건 결코 재미있는 일이 아니다. 심지어 말릴 수도 없고 그저 마음 졸이며 지켜만 봐야 했다.

"어? 잠깐만, 그거 내가 배달하는 선물 목록에서 발송인 이름 하나를 삭제해도 된다는 뜻이야? 이제 퐁 선배가 더 이상 널 귀찮게 하지 않는대?"

퐁 선배는 내 배달 서비스 단골 이용 고객 중 하나였다.

애석한 일이다. 그는 항상 나에게 기프티콘을 주곤 했는데… 이제 그것도 끝났나 보다.

"전부 다 관둬. 난 같은 회사 사람이랑 안 만날 거니까."

으아가 단호하게 대꾸했다.

나는 커피 잔을 손에 든 채 으아를 지긋이 노려보고 있는 킹을 흘끔거렸다.

말했듯이, 난 명탐정 코난을 많이 봐왔기 때문에 사람에 대해 잘 캐치하는 편이다(킹은 그냥 내가 상상으로 꾸며내는 것뿐이라고 했지만, 뭐 그는 나쁜 자식이니까). 나는 그날 마이의 환영회 파티 이후, 으아와 킹 사이에 생긴 변화를 본능적으로 감지했다. 아마 술에 취해서 그랬을 수도 있고… 나 몰래 만나고 있을 수도 있다. 그래서 지금 나는 그들을 눈여겨보고 있다.

"제이드, 난 아직 선물 다 받고 있어. 알지?"

킹이 내 등을 두드리며 실없이 웃었다.

"여자들을 실망시킬 수는 없지, 하하!"

"멍청이."

나는 이렇게 말하고 으아와 킹의 얼굴을 번갈아 보았다.

그들은 정말 아무렇지 않은 것처럼 평소같이 행동했다. 둘이 만나고 있다면, 으아에게서 질투심이 느껴져야 하는데 그렇지 않았다. 킹이 여자들이 주는 선물을 다 받겠다고 하는데도 으아는 아무렇지도 않게 평소처럼 일에 집중하고 있다. 아니면 내가 정말로 지나친 상상을 하고 있는 것일 수도 있고….

"누가 너한테 우리 선물을 전해달라고 하면, 넌 거절해야 해. 넌 이 회사의 메신저가 아니라 그래픽 디자이너니까."

내 눈을 똑바로 보며 말하는 으아 때문에 긴장해버렸다.

"어… 해봤는데, 막무가내라 막을 수가 없었어. 거절하기도 어려운 데다가 덕분에 내가 받는 것도 있고, 또 그 덕에 사람들을 알게 되기도 하고….”

“거봐, 여기 우리 친구 제이드는 자기가 할 수 있는 게 뭔지 정확하게 알고 있잖아.”

킹이 놀리듯 말했다.

“그래! 난 너처럼 잘생기지 않았으니까 그렇다!”

나는 삐죽거리며 쏘아붙였다.

그 빌어먹을 친구는 교활하게 웃으며 나에게 눈썹을 찡긋거린 뒤 책상으로 돌아갔다.

아오, 한 대 차버리고 싶어.

넌 친구가 아니라 악마야, 악마.

나는 갈증이 나 물을 마시기 위해 정수기로 다가갔다. 조금 전 친구라는 사악한 놈이 들쑤셔놓는 바람에 치밀어 오른 짜증을 누르기 위해 허겁지겁 물을 들이켰다. 어쨌든 이제 모든 것이 예전으로 돌아왔으니 큰 걱정은 덜었다. 그들이 서로를 좋아하지 않는 것까지, 완벽하다. 나는 마이가 으아와 만나기를 원하니까.

“제이드 선배.”

또 한 번 종이컵에 물을 채우는 동안 귓가에 듣기 좋은 깊은 목소리가 들렸다. 마이가 커피 두 잔을 들고 다가오고 있었다.

"여기, 선배 라테예요."

나는 종이컵을 쓰레기통에 던져 넣었다. 이 아이의 온화한 미소가 눈 깜짝할 사이에 나의 비참한 기분을 믿을 수 없을 만큼 가볍게 지워버렸다.

"진짜 고마워."

나는 잔돈을 받기 위해 손을 내밀었지만, 그는 100바트짜리 지폐를 다시 내 손 위에 올려놓았다.

"여기요."

"내가 커피 부탁한다고 100바트 줬는데, 왜 다시 100바트로 돌려주는 거야?"

나는 눈살을 찌푸리고 물었는데, 그는 살며시 웃었다.

"이번엔 제가 사드리고 싶어요."

"안 돼!"

나는 돈을 다시 그의 손에 올려놓았고, 그러자 마이는 다시 돌려주려고 했다.

"어제 선배가 저녁 사주셨잖아요. 오늘 커피는 제가 사게 해주세요. 그럼 똑같죠?"

"너 항상 이런 식이지."

나는 괜스레 삐죽거렸다. 우리의 일상은 늘 이랬다. 우리는 계속해서 서로에게 무언가를 사주려고 했고, 마이는 훨씬 더 고집이 세서 이길 수가 없다. 이제는 정말로 마이가 낸 것이 내가 낸 것보다 많을 것이다.

부자들은 다 이래?

한 번쯤은 얌전히 내가 선배답게 행동하게 해달라고!

"그건?"

나는 그의 손에 들린 또 다른 커피 잔을 보며 물었고, 마이는 살짝 웃으며 대답했다.

"아, 이건 으아 선배를 위한 거예요. 아직 모닝커피를 마시지 않은 것 같아서요."

그의 대답이 내 얼굴에 저절로 미소를 띄웠지만, 나는 입술을 꾹 오므려 숨겼다.

"아, 그럼 가서 얼른 줘. 방금 너무 졸리다고 하던걸."

"알겠어요."

나는 마이가 으아에게 커피를 가져다주는 모습을 지켜보았다. 그들은 곧 웃으며 수다를 떨기 시작했다. 나는 둘을 흐뭇하게 바라보았다. 마치 유치원에 보낸 아들이 친구들과 재밌게 노는 모습을 지켜보는 아빠의 기분 같았다.

좋아! 계속해, 꼬마야!

"형, 왜 혼자 웃고 있어요?"

갑자기 건이 내 앞에 나타났다. 그는 3일 동안이나 야근을 하느라 밤을 새웠는데도 아직 이런 일에 참견할 에너지가 남아 있나 보다. 그는 내가 마이와 으아를 보고 웃고 있는 걸 확인하고는 눈살을 찌푸렸다.

"왜요? 왜 마이를 보고 웃고 있어요? 설마⋯ 좋아해요?"

그는 말끝을 늘이며 내 어깨를 짓눌렀다. 그의 짙은 향수 냄새가 코를 찔러서 나는 서둘러 뒤로 물러섰다.

"너 향수로 목욕이라도 하고 왔어?"

"냄새 좋지 않아요? 새로 산 건데. 오늘 데이트가 있거든요. 좋은 인상을 줘야 한단 말이에요."

그렇게 말하는 그의 표정엔 자신감이 넘쳐났다.

나는 그를 머리부터 발끝까지 찬찬히 훑었다. 속으로 쯧쯧, 혀를 찼다. 데이트 상대를 감동시키는 방법이 집을 나오기 전 머리를 빗는 걸 잊어버리거나, 평범한 흰색 티셔츠에 슬리퍼를 신고 나오는 것인가 보다. 그의 사전에 나오는 '좋은 인상'은 아마 보통 사람들의 의미와 다른 게 분명했다.

하지만 그가 만나는 사람도 이런 차림을 좋아할지도. 난 절대 이해가 안 가지만.

"아니, 그래서 왜 마이를 쳐다보고 있었는데요? 마이가 선배한테 이것저것 잘해주니까, 좋아졌어요?"

"미쳤어? 난 그냥 보고 있던 것뿐이야."

나는 그를 더 가까이 끌어당겨 앞쪽을 가리켰다.

"뭐를요?"

"마이랑 으아."

"아하, 근데요?"

"음, 그거… 그거 때문에 웃고 있었지."

건은 내 말의 뜻을 헤아리는 데 시간이 좀 걸리는 것 같았다. 잠시 후 그의 눈이 커졌다.

"와우, 둘이 그렇고 그런 거예요?"

그는 거의 소리를 지르다시피 했다. 나는 재빨리 그의 입을 틀어막았다. 그리고 지그시 미소 지으며 고개를 저었다.

"아직은 아니야. 근데 마이가 으아를 좋아하는 건 확실해."

"확실해요?"

건이 이마를 찡그렸다.

"그렇다니까. 마이가 여기 온 첫날부터 으아를 향해 얼마나 달달한 눈빛을 보냈는데. 눈치 못 챘어?"

"전혀요."

건은 고개를 저었다.

나도 모르게 눈썹이 올라갔다.

나는 마이가 으아를 좋아하는 것이 당연하다고 생각했다. 그날 그의 눈은 내내 으아에게 고정되어 있었는데…. 분명히, 확실하다. 난 으아 바로 옆에 있었으니까. 그런데 다른 사람들은 그걸 몰랐다고?

마이가 모든 걸 너무 자연스럽게 해서 다른 사람들이 아직 눈치를 못 챘나?

제발, 이 사실을 아는 사람이 나뿐이라고 말하지 마.

역시 나는 나의 롤 모델인 코난처럼 훌륭한 탐정이 맞았다. 엄마가 준 용돈으로 만화책을 산 게 정말 큰 도움이 됐다. 난 그 만화책을 통해 뛰어난 관찰력을 갖게 된 것이다!

젠장, 제이드, 넌 정말 천재야.

"못 봤구나. 잘 봐봐. 마이는 그동안 내 친구한테 수작 부리려고 했던 그 누구보다 더 부드럽게 다가가고 있다고."

"그래요? 알겠어요, 형. 다음엔 꼭 놓치지 않고 볼게요."

그는 눈을 크게 뜨며 말했다.

나는 대화를 마치자마자 재빨리 그를 밀어냈다.

향수 샀다더니 한 번에 다 쏟아붓기라고 한 거야? 냄새가 코를 찔렀다.

"아, 그리고 마이에게는 티 내지 마. 충격받을 거라고. 수줍음도 많거든."

나는 그날 쇼핑몰에서 마이의 귀가 발갛게 타오르던 것을 기억하며 건에게 주의를 주었다.

건은 텀블러에 물을 채우면서 연신 고개를 끄덕거렸다.

다시 그들을 돌아보니 마이는 컴퓨터 화면을 가리키며 진지한 표정으로 으아에게 일에 대해 묻고 있었다. 나는 흐뭇하게 미소 짓고는 탕비실로 다시 들어갔다.

단둘이 있을 수 있는 시간이 거의 없으니, 난 여기서 조금 더 배회하다 가야겠다. 난 마이의 멋진 선배니까!

*　*　*

오늘은 쿤나콘 씨의 날이 아닌 것 같다. 바스 선배는 (독감 때문에) 휴가에서 돌아오자마자 킹을 사무실로 불렀다. 불려 가는 킹의 얼굴은 마치 지옥 캠프에 강제로 끌려가는 아이처럼 보였다.

바스 선배의 사무실에서 나온 그에게는 회사 웹사이트 수정 작업이 할당되었다. 그 일은 몹시 바빠서 평소처럼 파이 선배의 사장님 가십 수다 그룹에 합류할 시간도 없었다.

"킹, 점심시간이야. 밥 먹자."

나는 마이와 으아에게 먼저 엘리베이터로 가라고 말한 후 컴퓨터를 절전모드로 전환했고, 여전히 의자에서 엉덩이를 떼지 못하고 있는 킹에게 다가갔다.

"난 못 가. 바스 선배가 최대한 빨리 이 버그를 잡으라고 했거든. 행운이나 빌어줘라."

그의 컴퓨터 화면 속 도무지 무슨 내용인지 읽어낼 수도, 읽을 생각도 없는 기나긴 코드 목록을 훑었다. 그리고 그저 좋은 친구로서 그의 등을 부드럽게 토닥이고 격려했다.

"아, 불쌍한 남자. 하하!"

나는 크게 웃었다.

킹이 커다란 손으로 내 머리통을 가격하려 했지만, 내 회피 능력이 좀 더 좋았다.

그는 허탈했는지 입맛을 다셨고, 그 일그러진 얼굴은 회사의 많은 여자들이 가장 좋아하는 인기남의 이미지를 유지하는 데는 도통 관심이 없다는 걸 여실히 보여주었다.

"웃고만 있지 말고, 먹을 것 좀 사다 줘. 바삭한 돼지고기 볶음밥에 케일 추가. 그리고 아이스커피 한 잔."

그는 후다닥 주문을 마치고는 다시 작업에 집중했다.

"돈은? 돈 줘, 킹."

나는 손을 쑥 내밀고 물었다.

배고픈 친구야, 주문을 할 거면 돈도 내야지.

"마이한테 달라고 해. 걔 항상 너랑 으아한테 뭐 사다 주잖아. 나한테도 하나만 사주라고 해."

"뭐래, 나쁜 자식아."

나는 그의 머리를 한 대 쥐어박고는 지갑을 빼앗아 직접 돈을 꺼내 갔다.

킹은 자신이 '마이 특전'을 얻을 수 없다는 사실을 모른다. 나는 마이의 사수이기 때문이고, 으아는 그가 짝사랑하는 사람이기 때문에 가능한 것이다. 근데 킹은? 그는 아무것도 아니다. 그저 입 험한 멍청이일 뿐.

년 내 인턴에게서 쌀 한 톨도 못 얻어먹을 줄 알아!

"제이드 선배, 제 것도 좀 사다 주시면 안 돼요? 저도 킹 선배 돕느라 사무실에 있어야 하는데."

건이 물었다.

그에게도 주문과 돈을 받으러 가는데, 킹이 소리쳤다.

"아오! 그래, 좀 도와라! 내가 여기 갇혀 있는 건 네가 엉망 진창으로 코딩한 걸 고쳐야 해서라고! 짜증 나 죽겠네."

그의 목소리가 점점 거칠어졌다. 하지만 건은 가만히 욕을 먹고 앉아 있을 만큼 멍청하지는 않았다. 그는 지갑을 들고 자리에서 벌떡 일어났다.

"헤헤, 제이드 혀엉! 오늘 점심 같이 먹어요."

"좋아, 가자. 어차피 해야 하는 거 뭐 좀 먹고 하면 좋지."

나는 킹이 더 화를 내기 전에 건의 어깨를 감싸 안고 데리고 나갔다.

엘리베이터 앞에 마이와 으아가 기다리고 있는 게 보이자 나는 건의 팔을 가볍게 두드렸다.

"마이와 으아 잘 봐."

함께 보내는 점심시간이니 반드시 그들의 관계를 눈치챌 수 있을 것이다.

"킹은 너무 바빠서 점심 먹으러 못 나간대. 그래서 건만 데리고 왔어."

당황한 듯 우리를 바라보는 으아를 향해 환하게 웃었다.

으아는 고개를 작게 끄덕이고는 엘리베이터 버튼을 눌렀다.

나는 여전히 건의 어깨를 감싸 안고 있었다. 그때 뒤통수로 간질간질한 시선이 느껴졌고, 돌아보니 마이가 쳐다보고 있었다.

나는 그를 마주 보며 눈만 깜빡였다. 그의 갈색 눈동자가 건의 어깨에 감긴 내 팔에 붙박인 듯 고정되어 있었다. 왜인지 그의 표정이 얼음장처럼 차가웠다. 그 서늘함에 등골을 타고 식은땀이 흘러내렸다. 결국 한기가 몰아치는 것 같아 건을 감싸 안은 팔을 서둘러 내렸다.

왜 엄마 몰래 만화책 샀을 때랑 똑같은 기분이지?

엄청난 잘못을 저지른 기분이야.

* * *

건물 밖으로 나오자마자 지옥불 같은 햇빛이 피부를 태워 버릴 듯 이글거렸다. 우리는 우리가 가장 좋아하는 식당을 향해 성큼성큼 걸었다. 나는 건을 끌어와 앞쪽에서 함께 걸었고, 마이가 으아와 나란히 걸을 수 있도록 했다. 하지만 내 피부로 또다시 어떤 강렬한 시선이 스며들었다.

도대체 무슨 일이 일어나고 있는 거야?

"폰 이모, 돼지고기볶음밥 두 개, 돼지 내장을 넣은 바질 볶음 한 개, 소이소스 돼지고기볶음 쌀국수 한 개, 바삭한 돼지고기볶음밥에 케일 추가해서 한 개요."

"그래, 여기 적어줘. 오늘 킹은 안 왔고?"

그녀는 이리저리 둘러보며 자신이 가장 좋아하는 고객을 찾았다. 폰 이모가 킹을 얼마나 좋아하는지는 말로 다 설명할 수 없다. 그녀는 말끝마다 늘 '우리 킹', '우리 킹이', '우리 킹은'이라고 할 정도다. 덕분에 그가 주문한 음식은 우리 중 다른 누구보다도 항상 양이 많았다. 나 같은 경우는… 가끔 한 접시를 다 먹어도 배가 반도 안 찰 정도였지만 말이다.

얼마나 이중적인 잣대인가. 하지만 난 어떤 불평도 할 수 없다. 이 주변에는 다른 식당에 가는 선택지도 많지 않기 때문이다.

"킹은 일이 너무 바빠서 못 왔어요. 바삭한 돼지고기볶음밥에 케일 추가한 게 킹에게 가져다줄 음식이에요. 곱빼기로도 돼요? 오늘 되게 힘들어하고 있거든요."

"오, 불쌍한 우리 킹. 내가 좀 더 이것저것 넣어줄게."

그녀는 내가 적어놓은 주문 목록을 가져갔다. 나는 킹이 이모가 싸준 점심을 저녁까지 먹을 수도 있을 거라고 생각하면서 테이블로 향했다.

"여기, 선배 거예요."

마이는 모두에게 물을 한 잔씩 떠주고 내 옆에 앉았다. 이건 좀 짜증 난다. 난 항상 그에게 으아 옆에 앉을 수 있도록 기회를 마련해줬는데, 그는 항상 내 옆에 앉는다.

이게 익숙한가…?

아니지, 여기 있어야 으아가 더 잘 보이는구나.

그러네. 옆으로 앉으면 얼굴을 제대로 볼 수 없으니까.

나는 탁자 아래 있는 건의 다리를 걷어차며 으아와 마이를 주의 깊게 지켜보라는 신호를 보냈다. 산발을 한 남자는 알겠다는 듯 눈썹을 찡긋거렸다.

건이 나만큼 관찰력이 좋다면 두 사람이 같은 메뉴를 주문했다는 것을 알 것이고, 결국 으아의 주문을 마이가 따라 했다는 것도 알게 될 것이다.

이건 정말, 완전 그거잖아!

"으아 선배, 토마토 안 드시죠? 저 주세요."

그는 으아에게 여분의 접시를 주었고, 나는 재빨리 건의 다리를 걷어찼다.

무슨 일이 일어나고 있는지 빨리 보라고!

으아가 아무 말도 안 했는데 마이는 그걸 미리 알고 있었다니까!

건, 고개 들어.

빨리 보라고!

마이가 얼마나 세심하게 으아를 챙기는지!

"제이드."

"어?"

"너 지금 내 다리 차고 있잖아."

으아가 나를 노려보며 말했다.

나는 움찔하고는 부랴부랴 사과했다.

그래서 건이 내 사인을 못 받았구나.

다리를 잘못 찼잖아….

어쩔 수 없지. 다음 기회에….

"제이드 선배. 케일 드릴까요? 좋아하시잖아요."

마이가 나를 돌아보았다. 나는 고개를 끄덕였고 그는 내
접시에 케일을 옮겨 담았다. 마이에게 내가 좋아하는 유일한
야채가 케일이라고 말한 적이 있다. 그런데 그걸 여태 기억하
고 있는지는 몰랐다.

나는 주위를 둘러보며 케일을 우물거리다가 마이와 눈이
마주쳤다. 그는 나를 향해 미소를 짓고 있었다. 그의 미소는
항상 나 역시 덩달아 미소 짓게 했다.

"많이 드세요, 제이드 선배."

이건 마치….

오구오구?

나는 고개를 끄덕이고 다시 접시로 숙여 케일을 먹었다.

"킹한테 아이스커피 사다 줘야 해. 너네도 사무실에서 먹을 간식 필요해? 으아, 카놈크록 어때?"

폰 이모네서 계산을 마친 후, 몇 블록 떨어진 곳에 있는 맛있는 카놈크록 노점으로 고개를 돌렸다. 동시에 킹이 부탁한 아이스커피를 떠올렸다. 그때 으아가 휴대폰에서 눈을 떼고 대답했다.

"그래, 좋아."

"제가 살게요."

마이가 말했다.

그래, 이게 바로 내가 원하는 거야.

"알았어, 알았어. 으아는 마이랑 다녀올래? 난 건이랑 같이 커피 사러 갔다 올게."

난 또다시 마이에게 으아와 단둘이 있을 기회를 만들어주었다. 그렇게 말하고는 급하게 건을 끌어당겨 내 옆에 세웠지만, 이어지는 마이의 말에 혼란스러워졌다.

"으아 선배는 선배랑 있는 게 좋겠어요. 건 선배, 저랑 같이 가실래요?"

그는 우물쭈물 어쩌지 못하는 건을 빤히 바라보았고, 건은 당황한 얼굴로 마지못해 고개를 끄덕이고는 엉거주춤 마이를 따라갔다.

나는 탄식에 가까운 한숨을 내쉬었다.

마이 너 어엄청 눈치 없구나.

내가 너한테 이렇게나 기회를 주는데, 이걸 못 받아먹으면 어떡하냐고.

아, 너 그 상점이 멀리 있어서 그래? 으아가 같이 가면 이 지옥불 같은 햇볕에 고운 피부가 상할까 봐?

그래서 나랑 그늘에 남아 있는 게 낫다고 생각했구나.

넌 정말… 내 친구를 세심하게 보살펴.

그는 으아가 카놈크룩을 먹고 싶다는 말에 바로 자신이 사러 간다고 나섰다. 마이는 정말 으아를 많이 좋아하는 모양이다.

나는 점심을 먹고 나온 식당에서 그리 멀지 않은 카페로 친구를 끌고 갔다. 킹에게 줄 아이스커피와 내가 마실 살락라임소다를 주문했다. 그때 으아가 중얼거리는 소리를 들었다. 나는 주문을 마치고 돌아서서 그가 전화로 누군가와 통화하는 걸 지켜보았다.

"뭐야?"

"킹이 빨리 오래. 짜증 나게 구네."

그는 신경질적으로 휴대폰을 껐다.

평소 으아는 무표정하고 가끔은 좀 거만해 보이기도 했다. 그래도 이렇게 눈살을 찌푸리는 모습은 낯설다. 분명 말로는 짜증을 내고 있는데… 어딘지 이상하게 사랑스러운 모습이다.

물론 내 친구는 잘생겼으니까. 어떤 표정을 지어도 인상적이긴 하지.

"걔 지금쯤 배고파 죽으려고 할 거야. 근데 너희들 이제 더 이상 싸우진 않지?"

나는 두 사람이 종전한 게 확실한지 물었다. 그의 얼굴에 머뭇거리는 기색이 보였지만, 곧 대답해주었다.

"음, 괜찮아."

"좋아, 너희들 그렇게 냉랭하게 있어서 나 진짜 미쳐버리는 줄 알았어."

게다가 눈여겨보던 샤브샤브 식당에서 4인 기준 메뉴로 큰 할인 행사를 하고 있기 때문에, 이들의 싸움이 그렇게나 오랫동안 이어지는 것이 몹시 불안했다. 마이까지 네 명인데… 둘이 계속 싸우고 있어서 그동안 갈 수가 없었다.

"우리 샤브샤브 먹은 지 꽤 됐지? 내일 시간 돼? 마이랑 킹한테도 물어볼 건데, 3인 가격에 4인 식사를 주는 프로모션이 있거든. 갈래?"

"그래, 좋아."

"좋아!"

나는 큰 소리로 대답하고 그의 어깨를 두드리며 카페 픽업대에서 음료를 집어 들었다.

당장 눈앞에 놓인 시원한 음료를 보고, 내일 먹을 샤브샤브를 생각하니 몸이 저절로 가벼워지고 기분이 좋아졌다.

아, 음식 때문이 아니라 그냥 우리 그룹이 다시 모이게 되어서 기쁜 것이다. 정말로!

* * *

오후 근무 시간은 순조롭게 흘러갔다. 나는 내 뒤쪽에 앉아 있는 건을 흘끔거렸다. 건도 마이를 자주 쳐다보고 있단 걸 알 수 있었다. 물론 그는 바스 선배의 업무 지시에도 이해가 느린 편이었지만, 그래도 나는 그에게 아주 명확한 힌트를 주었다. 이 정도면 당연히 알아챘을 것이다. 눈을 가늘게 뜨고 집중한 표정을 보니, 마이가 으아를 단지 선배로만 보는 게 아니라 아주 로맨틱하게 바라보고 있다는 걸 마침내 알아챈 게 확실했다.

지금처럼 으아의 텀블러가 거의 비었을 때 마이는 따로 묻지도 않고는 우리의 텀블러까지 챙겨 정수기로 가 물을 채워 올 것이 분명하다. 도대체 어떤 인턴이 선배를 이렇게까지 각별히 신경 쓸까? 미쳤다고 할지도 모른다.

이러니 그의 마음을 모르면 장님이나 다름없지!

"오늘 저녁엔 뭐 먹을까요?"

마이가 컴퓨터를 끄면서 나에게 물었다.

시간을 확인하니 근무 시간이 벌써 끝났다. 하지만 난 아직 마무리해야 할 작업이 남아 있었다.

"생선부레수프 먹을까? 그게 생각났어. 으아, 같이 갈래?"

가방을 챙기던 으아는 시큰둥한 표정으로 고개를 저었다.

"다음에 가자. 오늘은 피곤해서 일찍 집에 가서 좀 자고 싶어."

"아, 알겠어. 조심히 가. 킹, 넌 어떡할래?"

킹도 고개를 저었다. 그의 검은 눈동자가 반짝였다.

"미안. 데이트 약속이 있어서."

"데이트? 하, 넌 진짜 잘도 만나는구나."

나는 그를 향해 눈을 새침하게 떴다.

"새삼스럽게."

그는 나를 보고 일부러 눈썹을 찡긋거렸다. 마냥 만족스러운 표정을 보아하니 이번 데이트 상대는 아주 뜨거운 사람인가 보다. 이런 킹의 선수 기질을 꺾을 수 있는 사람이 있다면 그 사람에게 백만 바트라도 주고 싶다.

"난 갈게."

으아가 먼저 일어섰다.

나는 떠나는 그에게 손을 흔들어주었다. 그리고 킹이 다가와 내 머리를 쓰다듬자 나는 펜을 집어 던졌다. 그는 시원하게 웃으며 사무실을 나섰다.

"좋아, 마이. 나도 거의 끝났어. 가자."

5분 후 작업 내용을 저장하고 컴퓨터를 끄고 가방을 챙겼다. 마이는 나를 향해 미소 지었다.

"됐어, 가자!"

* * *

오늘은 일주일의 마지막 근무일인 금요일.

어느 때보다 힘차게 업무를 시작했다. 직장인에게 금요일이 가장 열정적인 날인 것은 당연한 일이다.

조금만 더 기다리면 주말이니까!

나는 언제나처럼 사랑의 메신저 역할을 하느라 바빴고, 출근하자마자 마이를 먼저 사무실로 가게 했다. 그리고 킹의 선물을 가지고 그의 책상으로 가는 길에 건을 만났다.

"오, 건. 어제 데이트는 어땠어?"

"아, 와! 진짜 대박이었어요. 완전 실망이었거든요. 상대는 나타나지도 않았어요. 연락도 안 받고 아예 차단했더라고요. 진짜… 수치스러웠어요."

그가 손짓발짓을 다 동원해 불평했다.

그의 어깨를 가만히 두드려주었다. 처음 보는 데이트 상대에게 잘 보이기 위해 향수까지 샀는데…. 심지어 향수가 한두 푼 하는 것도 아니고. 나는 그의 좌절감을 이해할 수 있었다.

"괜찮아. 바다는 넓고 물고기는 많잖아. 포기하지 마. 아, 그리고 마이에 대해서는 눈치챘지? 거봐, 내가 말했잖아!"

"뭘요? 제 눈엔 하나도 안 보이던데요. 형이 그냥 상상한 거 아니에요?"

그는 부스스한 머리를 좌우로 흔들었다. 그러고는 완전히 말도 안 된다는 듯 불신 가득한 표정을 지어 보였다. 나는 눈살을 찌푸리고 소리쳤다.

"나 상상한 거 아니야! 네가 이런 거 보는 눈이 없는 거겠지. 마이가 하는 거 보면 뻔한데 어떻게 몰라?"

나는 내 말을 믿지 않는 그의 머리를 손바닥으로 살짝 밀었다. 평생을 미들맨이자 최고의 탐정 만화 팬으로 살아온 나의 감각은 정확하다!

"에이, 형! 머리 망가져요!"

"네 머리는 이미 항상 엉망이었어. 눈 좀 떠라!"

"아니, 제 눈엔 전혀 그렇게 안 보인다니까요. 아, 보긴 봤죠." 그는 머리를 슥슥 매만지며 말했다.

나는 눈을 크게 뜨고 건에게 다가가 목소리를 낮추고 물었다.

"넌 뭘 봤는데?"

"제가 보기엔… 마이는 항상 형을 보고 있어요."

나는 한참을 생각하다 입을 열었다.

"하?"

"형이 저보고 잘 보라고 했잖아요. 근데 그게 제가 본 거예요. 마이는 으아 형보다 형을 훨씬 더 많이 보고 있었다니까요. 형도 알아야 해요."

그는 그렇게 말하곤 냉큼 자리를 떠났고, 나는 킹에게 전달할 커피와 간식을 들고 바보처럼 복도에 서 있었다.

방금… 마이가 으아보다 나를 더 많이 본다고 했어?

나는 길을 잃은 것 같은 기분을 느끼며 사무실로 들어섰고, 킹의 책상 위에 맥없이 물건들을 올려놓았다. 그는 오늘 어쩐 일로 일찍 와 있었다. 그가 나에게 무어라 말을 하는데 하나도 귀에 들어오지 않았다. 그래서 대답도 할 수가 없었다.

나는 내 자리에 앉아 옆에서 휴대폰으로 넷플릭스를 보고 있는 으아를 바라보았다. 옆에서 본 그의 얼굴은 여전히 메이크업이 필요 없는 하얗고 매끈한 피부에 크고 맑은 눈, 긴 속눈썹에 오뚝한 콧대, 자연스러운 핑크빛이 도는 입술까지 아주 매력적인 모습이었다. 그의 가장 친한 친구인 나조차 때때로 그에게서 눈을 뗄 수 없을 정도다.

그럼 나는?

넙데데한 얼굴에 눈도 작고, 콧대도 거의 없고…. 심지어 조금이지만 여드름 흉터도 있는데…. 건은 마이가 으아가 아닌 나를 보고 있다고 했다.

여기 있는 제이드, 나 말이야?

"제이드 선배."

"어?"

나는 내가 마이를 빤히 보고 있었다는 것을 깨닫고 크게 움찔했다.

"무슨 일 있어요?"

그의 짙은 갈색 눈동자에 걱정스러운 기색이 엿보였다. 나는 고개를 저었다.

"아, 아무것도 아니야. 그냥 멍 때렸어."

나는 다시 컴퓨터 화면으로 고개를 돌렸다. 수업 땡땡이 치려다 담당 교수한테 들켰을 때처럼 가슴이 두근거렸다. 작업을 시작하기 위해 파일을 열고, 건이 말했던 걸 머릿속에서 지우려고 애썼다.

건의 말을 듣고 난 뒤로 나는 그의 말이 정말인지 관찰했다. 오전 내내 내 왼쪽에 앉아 있는 사람이 내 쪽을 꽤 자주 쳐다보는 것 같긴 했다. 하지만 내 오른쪽을 확인하고서야 마침내 그 이유를 알 수 있었다.

내 오른쪽 옆에 앉아 있는 사람이 으아니까. 이렇게 내가 중간에 막고 있으면 마이가 으아를 볼 때 내가 걸리겠지.

그 빌어먹을 놈.

왜 이상한 생각을 하게 만들고 그래?

건, 네가 틀렸어!

09

제이드는 이런 걸 싫어해

내가 하는 일은 그다지 흥미로운 일도, 도전적인 일도 아니다. 대부분은 그냥 컨셉에 맞게 디자인을 하고 편집 또는 제작을 하면 된다. 때때로 상사가 나를 부를 때면 심장이 쿵쾅거린다. 100퍼센트 확률로 무언가를 고치라고 하는 것이니까. 직장 생활을 오래 할수록 일에 대한 열정은 점점 줄어들었고, 이제는 전문 분야에 대한 영감이나 커리어 성취가 아니라 단지 돈을 벌기 위해서만 일을 하고 있는 것 같다. 이건 좀 우울한 일이다.

아무튼 4년간의 직장 생활은 나를 완전히 월급 노예로 만들었고, 요즘은 좀처럼 일하는 즐거움을 느끼지 못하고 있다.

하지만 오늘은 다르다. 나는 책상에 앉아 5분마다 시계와 사무실 문을 번갈아 보았다. 으아가 10분쯤 전에 부름을 받고 들어갔기 때문에 내 옆자리는 지금 비어 있다.

대체로 상사에게 호출을 받는 것은 결코 좋은 일이 아니지만, 오늘은 우리에게 급여 조정 결과에 대해 공지하는 날이기 때문에 오늘만큼은 꼭 호출되고 싶었다.

월급이! 오른다!

나는 긴장을 풀고 흥분을 가라앉히기 위해 노력했다. 더 많은 돈을 받는 것은 우리를 더 열심히 일하도록 동기를 부여하는 훌륭한 보상이다. 인상률은 몇 퍼센트일지, 축하 파티는 어디서 할지, 인상된 월급으로 나에게는 어떤 선물을 줄지 끊임없이 생각했다.

난 이때를 위해 뮤추얼 펀드에 대해 공부해왔다. 아마 인상분을 투자에 쓸지도 모르겠다. 꽤 좋은 생각 같다.

한참 상상의 나래를 펼치고 있는 사이, 으아가 무덤덤한 얼굴을 하고 돌아왔다. 나는 의자를 죽 밀어 그의 코앞으로 다가갔다.

"어땠어? 올랐어?"

"어, 이제 네 차례야, 제이드."

으아는 더 이상의 설명 없이 짧게 대답했지만, 나는 그가 급여가 얼마나 올랐는지 말해주지 않는다고 짜증을 내지는 않는다.

애초에 우리는 연봉에 대해 따로 이야기하지 않는다. 처음에는 왜 서로 공유하면 안 되는지 잘 이해가 되지 않았지만, 입장이 같은 사람들끼리 서로 비교하고 부정적인 감정을 가질 수 있는 민감한 주제라는 걸 이제는 이해한다.

나는 킹이나 으아에게 그들이 얼마를 받는지 묻지 않고, 그들도 나에게 묻지 않는다. 돈은 정말로 민감한 주제다.

자리에서 일어나 크게 심호흡을 한 뒤 자꾸만 솟구치는 흥분을 진정시키며 사장님 방으로 향했다.

물론 지금 같은 경제 상황에 큰 기대를 해서는 안 된다는 걸 알고는 있다.

10분 후 나는 고개를 숙인 채 사장님 방에서 나왔다. 그 방으로 들어가던 조금 전의 나와 전혀 다른 사람이 된 기분이었다.

1년 내내 열심히 일했지만 연봉 인상률은 1퍼센트에 그쳤다. 올해는 겨우 월에 210바트가 더 올랐을 뿐이다.

빨간 지폐 두 개와 큰 동전 한 개란 말인가….

그걸로는 뷔페도 갈 수가 없다고!

나는 사무실로 돌아가 건에게 다음 차례라고 전한 뒤 내 자리로 돌아와 서서히 시들어갔다. 한껏 부풀어 올랐던 꿈은 순식간에 먼지가 되어 사라졌다.

이 회사를 그만둬야 하는지 고민이 되었지만, 지금 당장은 새로운 곳을 찾기가 힘들 것 같았다. 물론 모든 것을 회사 탓으로 돌릴 수는 없다. 최근 나라 경제와 마찬가지로 회사의 재정이 어렵다는 것을 알고 있기 때문이다.

나를 내쫓지 않고 1퍼센트라도 올려준 것에 감사해야 하는 걸까.

좋아, 일단은 회사가 계속 남아 있다면, 나도 버틸 수 있어.

비난해야 한다면 그 대상은 아마도 정부… 큼!

"힘내, 오르긴 올랐잖아."

으아는 내가 시들어 죽어가는 것을 알아채고 애써 위로해주었다.

나는 고개를 끄덕이며 이 상황을 받아들이려고 노력했다.

210바트도 돈이다. 귀한 돈. 그것은 나에게 두 끼의 식사를 하게 해주고, 절약한다면 세 끼의 식사도 해결해줄 수 있을 것이다.

"선배."

옆에 있던 사람이 낮은 목소리로 나를 불렀다. 돌아보니 마이가 부드러운 미소를 띤 채 사탕을 건넸다.

"단걸 먹으면 기분이 조금 나아질지도 몰라요."

"어, 단거! 응, 고마워."

나는 사탕을 받아 냉큼 입에 넣었다. 입안 가득 찡하게 퍼지는 달콤함에 눈을 꼭 감았다.

마이는 달콤한 간식을 좋아하지 않지만 그의 책상 위에는 항상 사탕이 가득 담긴 유리병이 있었다. 이건 좀 모순적인데, 이젠 그가 이런 스트레스에 대처하려고 둔 거라 짐작할 수 있었다.

"좀 나아요?"

나는 고개를 주억거렸다.

그가 옳았다. 달콤한 사탕은 기분을 좋게 만드는 데 정말 큰 도움이 되었다.

"응, 좋아. 내 책상에도 사탕을 가져다 놔야 할까 봐."

나는 미소를 지으며 그를 향해 눈을 찡긋거렸다. 그러자 마이가 더 환하게 웃었다.

"그럴 필요 없어요. 언제든지 제 책상에서 가져가시면 되니까. 다 가져가셔도 돼요."

그의 대답은 조금 놀랍게 들렸다.

"그럼 네가 없을 땐 어떻게 사탕을 구해?"

"선배 집에서 줘도 되죠. 가까우니까."

"에이, 그렇게까지 할 필요 없어. 내가 뭐라고."

"선배니까요. 그래서 제가 많이 노력하고 싶어요."

그의 짙은 갈색 눈이 나를 똑바로 쳐다보고 있다. 나는 벙쪄서 눈만 깜빡이다가 건의 이상한 말이 머릿속에 번쩍 떠올랐다.

아니, 아니. 제이드, 넌 멀리, 크게 봐야 해.

"말하는 거 봐. 너 인턴 평가 좋게 해달라고 그러는 거지? 안 돼, 안 돼. 이제 네 자리로 돌아가!"

나는 그렇게 말하고는 돌아서서 끝내지 못한 일에 집중했다.

그래, 이 남자가 나한테 이렇게까지 친절하게 구는 또 다른 중요한 이유는 내가 그를 평가하는 사람이기 때문이다.

하, 왜 그 생각을 이제야 했지?

또한 나는 그가 짝사랑하는 사람의 가장 친한 친구다. 그가 나를 이렇게나 신경 써주는 것은 다른 특별한 이유가 있어서가 아니다.

나는 숨을 크게 들이마셨다가 내쉬며 일에 집중하려고 노력했다. 건이 돌아오면 그의 머리를 한 대 쥐어박아야겠다. 건 때문에 자꾸 이상한 생각이 드니까 말이다.

* * *

월급이 1퍼센트 인상됐을 뿐인 직장인의 점심은 회사에서 멀지 않은 값싼 국수 가게에서 먹는 것이 정답이다. 처음에는 월급이 기대만큼 오를 것이라 생각해서 근처 쇼핑몰에 있는 바비큐 식당에서 거나하게 먹을 생각이었지만, 인상률을 알게 된 지금, 으아와 킹 그리고 나는 그냥 먹던 치킨누들이나 먹어야겠다고 결정했다.

우리들의 지갑을 위하여, 치얼스.

하… 인생이란….

오늘도 역시나 엄청 더웠다. 나는 더위를 잘 타는 편인 데다가 방금 먹은 매운 닭칼국수 때문에 얼굴과 등이 땀범벅이 되었다. 입술도 온통 새빨갛게 부풀고 얼얼했다. 마이가 이런 나에게 티슈를 계속 건네주며 챙겼다. 다행스러운 건 내가 내의를 받쳐 입는 사람이라는 것이다. 그렇지 않았다면 훨씬 더 꼴사나웠을 것이다.

"아…. 흐… 하아…."

"제이드, 너 무슨 쌀국수한테 당하기라도 하는 거냐? 왜 이렇게 신음 소리를 내고 그래?"

킹의 더러운 입이 식사를 마치자마자 움직이기 시작했다. 나는 그를 죽이겠다는 의지를 담아 눈을 부라렸고 동시에 테이블 밑으로 그의 다리를 세게 걷어찼다.

"엄청 맵다고, 날씨도 덥고! 신음한 거 아냐!"

"너 사람들이 섹스할 때 어떤 신음을 흘리는지는 알아? 다 너 같은 소리를 낼걸?"

"웃기지 마!"

킹이 눈썹을 치켜올리며 과장된 표정을 지어 보였다.

"애인도 없는 네가 어떻게 알아?"

"나도 야동 본 적 있거든, 이 멍청아. 그런 걸로 나 놀리지 마!"

나는 자신 있게 소리쳤다. 내가 비록 외로운 숫총각일지라도, 순진하진 않다. 나도 야동을 본 적이 있고, 그 영상 속에서 그들은 나처럼 신음하지 않았다. 그들의 신음 소리는 높은 톤이었고, 내가 낸 소리는 아주 낮았다!

너 같은 놈한테 이런 걸로 속아 넘어가기에 난 너무 똑똑하거든!

"아, 젠장. 너 어느 웹사이트를 본 거야, 제이드. 내가 확인해줄게, 하하하!"

나는 그제야 내가 방금 무슨 말을 한 것인지 깨달았고, 킹은 걸려들었다는 듯 통쾌하게 웃었다.

나는 내 입술을 찰싹찰싹 때렸다.

입이 방정이지….

빌어먹을 킹이 날 기만하려드는 바람에 불필요한 말까지 해버렸다. 게다가 엄청 큰 소리로! 옆 테이블에 있던 여자애들도 그 말을 들었을 게 분명해….

젠장!

"킹, 이 나쁜 자식. 넌 진짜 못됐어, 꺼져!"

나는 분노를 가라앉히기 위해 그의 다리를 한 번 더 걷어찼다. 이제 날씨보다도 내 분노가 더 뜨거웠다.

으아는 그런 우리를 보며 활짝 웃었고, 마이도 웃음을 참지 못했다. 이것이 나를 더욱 당황스럽게 만들어서 나는 킹을 더 세게 때렸고, 주변 사람들이 모두 나를 쳐다볼 정도로 꼴사나운 장면을 연출했다.

"제이드, 뭘 그렇게 부끄러워해? 세상 모든 남자들이 야동을 보… 아!"

지금 킹의 어깨를 세게 때린 것은 내가 아니다. 으아였다.

"조용히 좀 먹으면 안 돼? 그게 그렇게 어려워? 적당히 좀 해."

킹은 혀를 찼지만 그래도 나를 놀리는 것은 그만두었다. 나도 자리로 돌아와 계속해서 매운 쌀국수를 먹었다.

진짜 너무 맵다. 매워서 죽을 거 같은데….

저 자식이 또 나를 놀려대게 두지 않을 거야…!

"하아…."

하지만 매콤함을 견디지 못하고 눈에서 눈물이 흐르기 시작했다. 정말 꾹 참으려고 노력했는데, 오늘따라 심하게 매웠다.

이게 킬러 칠리인지 뭔지 하는 거야?

내가 고추를 더 넣은 게 잘못이지, 요리사를 비난할 수는 없다.

오, 신이시여….

"제이드 선배."

마이가 붉게 충혈된 눈으로 국수 그릇 앞에 녹초가 되어 앉아 있는 내 어깨를 톡톡 두드렸다. 나는 그를 돌아보며 입술을 꼭 물었다.

나 지금 누구라도 때릴 준비가 되어 있어.

킹처럼 놀리면 아무리 너라고 해도 가만 안 둘 거야….

"물 좀 드세요."

하지만 마이는 놀리기는커녕 시원한 얼음물을 건넸다.

얼른 잔을 받아 들고 한 번에 꿀꺽꿀꺽 마셔버렸다. 그리고 잔을 내려놓고는 마이에게 정말 고맙다고 큰 소리로 말했다.

나는 내 맞은편에 앉아 있는 나쁜 놈을 보면서 이런 마이의 모범적인 행동을 티 나게 보여줬다.

봐라, 이 자식아.

마이는 내가 최악의 상황에 처해도 나를 더 사지로 몰아넣는 짓은 하지 않는다고!

그는 이런 매너까지 좋다. 이것이 내가 그를 아주 좋아하는 이유다.

그리고 이렇게 훌륭한 사람은 확실히 으아와 엮일 자격이 있다.

범죄 현장으로 뒤바뀔 뻔했던 점심시간이 지나가고, 나는 음식값을 지불한 뒤 버블티를 사서 다시 킹과 우리 무리 쪽으로 걸어갔다.

"너희들 먼저 들어가. 나는 약국에 좀 들렀다 갈게."

"약국은 왜요?"

마이가 조금 놀라며 물었다.

그의 눈은 내 얼굴과 몸을 이리저리 살피며 내가 다쳤는지 혹은 아픈 건지 확인하는 것 같았다. 그런 제스처가 너무 귀여워서 나는 이 커다란 남자의 머리를 쓰다듬지 않을 수 없었다.

"아니야, 나 괜찮아. 그냥 보고 싶은 게 있어서."

"아, 그거."

킹이 말했다.

"응, 안 본 지 한 달 넘었어. 벌써 다 컸을 거야."

"그러게. 동물은 빨리 자라니까. 아마 더 이상 강아지가 아닐지도⋯."

으아가 덧붙였다.

"그런가⋯?"

그동안 일에 치여 사느라 다른 사람에게 돌봐달라고 부탁한 강아지를 깜빡 잊고 있었다.

"다른 사람에게 강아지를 돌봐달라고 부탁하셨던 거예요?"

고개를 저으며 어찌 된 건지 설명하려는데, 킹의 허스키한 목소리가 내 말을 끊었다.

"얘는 자기 자신도 돌보지를 못하는데 어떻게 다른 걸 돌보겠어? 한 달쯤 전에 시장에 버려진 강아지를 주워서 약국 주인에게 임시 보호를 부탁했지. 근데 아무도 그 강아지를 입양해 가겠다고 나서질 않아서, 약국 주인이 돌보게 되었어.

이제 너도 알겠지만, 네 사수 제이드에게는 문제를 일으키는 특별한 재능이 있단다."

"아, 그랬군요."

내가 킹을 노려보는 동안 마이가 부드럽게 말했다.

도대체 왜 이 자식은 말을 이쁘게 하지 못할까? 딱 하루라도 누군가를 화나게 하지 않으면 큰일이라도 나는 걸까?

게다가 난 문제를 일으키고 다니는 사람이 아니다!

그저 힘없는 동물을 도운 것뿐이지!

킹 이 개자식은 어떤 개보다도 더 많이 짖는다.

"나랑 강아지 보러 갈래?"

킹은 말이 끝나기가 무섭게 고개를 저었다.

"아니, 난 개 안 좋아해."

"으아는?"

"난 안 되는 거 알잖아."

그의 목소리가 측은하게 들렸다. 그가 동그란 눈으로 몹시 아섭고 실망스러운 듯 나를 바라보았다.

"아, 맞다. 털 알레르기 있지. 헤헤, 미안."

나는 어깨를 몇 번 두드려주는 것으로 그를 위로했다. 으아는 개와 고양이를 사랑하지만, 동물 털에 알레르기가 너무 심해 근처에 가기만 해도 재채기로 고생했다.

우리가 학생이었을 때, 한번은 고양이 카페에 갔었는데 으아가 재채기를 너무 많이 해서 5분도 채 있지 못하고 나온 적이 있다. 그때 손님들이 얼마나 불쾌한 표정을 지으며 흘겨보았는지 모른다. 그 이후로 으아는 털이 보송보송한 동물들 근처에 가지 않으려고 노력해왔다. 그런 그가 동물들을 만날 방법이라곤 SNS에서 개와 고양이 사진을 보는 것뿐이다. 그는 온 마음을 다해 동물을 사랑하지만, 그의 몸은 그들을 좋아하지 않았다. 나는 그런 그가 안타까울 때가 많았다.

"알겠어. 그럼 넌 킹이랑 먼저 돌아가. 너는…."

"같이 가도 돼요?"

마이는 내가 같이 가자고 말을 하기도 전에 먼저 물었다.

나는 그가 얼마나 흥분해 있는지 알아채고는 눈썹을 찡그렸다.

어쩌면 마이도 개를 좋아하는 걸까?

"당연하지. 너희는 잘 가. 가는 길에 서로 죽이진 말아야 한다."

나는 그들에게 진지하게 경고했다.

화해한 지 얼마 안 되었는데 또 그렇게 싸우면, 난 아마 편두통으로 죽을지도 모른다고.

"네 걱정이나 해. 마이, 네 선배 잘 챙겨라. 걔 완전 바보니까, 길 건널 때 차에 안 치이게 잘 데리고 다녀."

"야!"

나는 휙 돌아서서 소리쳤고, 킹은 즐겁다는 듯 웃으며 으아와 함께 떠나갔다. 나는 그가 으아의 귀에다 뭐라고 속삭이는 것을 보았고, 으아는 곧장 그의 가슴팍을 때렸다.

나는 강아지 보러 가는 걸 멈추고 저들의 싸움을 막기 위해 돌아가야 하는 건 아닐까 잠시 망설였다.

하지만… 아마 괜찮겠지. 서로를 죽이진 않을 테니까.

"좋아. 마이, 이쪽이야."

나는 그의 팔을 잡아당겨 식당가에서 그리 멀지 않은 건물로 데려갔다.

우리 회사 근처에는 알고 보면 놀라운 것들이 가득하다. 건물 옆 골목은 상점가이고, 이 길을 통해 버스 정류장까지 오고 갈 수 있다. 아침이면 이 상점 골목에는 죽이나 중국식 빵, 돼지고기구이와 찹쌀 등 길거리 음식들로 가득했고, 나는 항상 이곳에서 외식을 했다. 특히 월, 수, 금 저녁에는 시장이 열렸는데, 최근에는 마이와 함께 종종 식사를 하러 왔다.

사장님이 사무실 위치를 아주 잘 정한 게 분명했다. 다만 아침과 저녁에는 먹을 것이 아주 많은 데 비해 점심을 먹을 수 있는 곳은 별로 없는 게 흠이지만 말이다.

"선배가 강아지를 구해주신 거예요?"

"응, 회사에 가는데 요란한 소리가 들렸어. 돼지고기 포장마차에 있던 아줌마 기억나? 그 덩치 큰 아줌마는 심술궂은 데다가 항상 남편에 대해 불평하는 걸 좋아하는데, 어느 날 그 아줌마의 돼지고기 주위를 어슬렁거리는 강아지가 있었어. 배가 고팠던 모양인데, 아줌마가 그 어린 강아지를 때리고 있는 거야. 난 왜 그 아줌마가 아무 짓도 안 한 그 어린 강아지를 때리는지 전혀 이해할 수 없었거든. 엄청 작고 말랐는데…. 그냥 좀 겁만 줘서 쫓아낼 수도 있잖아."

그날을 떠올리며 답답했던 심정을 토로했다. 아직도 그 일을 생각하면 화가 났다. 어쨌든 나는 원래 그곳에서 구운 돼지고기를 사지 않았지만, 그날 이후로는 아예 그 노점을 쳐다도 보지 않았다. 미약한 동물에게 상처를 주는 사람들은 용서할 수 없다.

"그래서 선배가 그 강아지를 도운 거군요?"

"응, 내가 일단 데려왔어. 근데 어디서 왔는지, 주인이 정말 없는지도 모르겠어서…. 출근 시간도 가까웠고, 그래서 약국 주인한테 임시로 맡아달라고 부탁했지. SNS에 몇 번 사진도 올리고, 몇 주 동안 주인을 찾거나 입양 홍보를 했는데도 아무 연락도 없어서 곤란했는데, 다행히 약국 주인이 그 가엾은 강아지를 키우기로 했지."

나는 버블티를 한 모금 마시며 목을 축였다. 할 수 있는 일이 너무 없어서 무력한 나에게 실망했던 기억이 났다. 강아지를 입양하겠다는 연락이 오길 기다렸지만, 끝내 어디서도 연락은 오지 않았다. 내 콘도에서는 반려동물을 키울 수 없는 데다가 심지어 우리 부모님도 동물을 좋아하지 않았기 때문에 어떻게 해야 할지 도무지 방법을 찾을 수 없었다. 약국 주인이 강아지를 돌보겠다고 나서줘서 정말이지 천만다행이었다.

"선배는 정말 따뜻한 사람이에요."

마이가 반짝이는 눈으로 나를 바라보았다. 그의 진득한 시선은 사람을 긴장하게 하는 구석이 있어서 나도 모르게 목덜미를 긁적이며 다른 곳을 봐야만 했다.

"아니야. 누구든지 똑같이 그랬을 거야. 그 강아지 진짜 작았거든."

"모두가 그러진 않아요. 선배는 정말 따뜻하고 친절해요."

"아, 고마워."

나는 머쓱하게 웃었다.

지금 내가 어떤 기분인지 알 수가 없었다. 나는 나 자신을 친절한 사람이라고 생각한 적이 없었다. 그래서 마이의 칭찬에 어떻게 반응해야 할지도 몰랐다.

"여기야."

나는 오래된 약국 앞에 멈춰 섰다.

점심시간에는 사람이 별로 없어서 그런지 한산했다.

"안녕, 제이드. 오랜만이네요."

약국 문을 열자 주인인 중년 여성이 따뜻하게 맞아주었다.

나는 그녀에게 인사하고 환하게 미소를 지었다.

"정말 죄송해요. 너무 바빠서 자주 오지 못했어요. 누님은 여전히 아름다우시네요."

"어머, 그 달콤한 입술에 국화차 한 잔 드릴까요?"

"네, 감사합니다."

나는 장난스럽게 그녀와 뒤에 있는 음료 냉장고 사이를 번갈아 눈짓하며 웃었고, 그녀도 덩달아 웃었다.

내가 왜 이 약국 주인과 이렇게 친하냐면, 한때 매일 여기서 국화차를 사곤 했기 때문이다. 회사 건물 1층에 버블티 부스가 새로 생기고 나서는 이곳에서 국화차를 살 일이 거의 없었지만.

응, 그 점은 좀⋯ 별로다.

"저분은 누구예요? 잘생긴 청년이네요. 남자친구?"

나는 아직 약국 밖에 서 있는 마이를 돌아보고는 손을 내저었다.

"아, 아뇨, 아뇨! 우리 회사 인턴이에요. 같이 점심 먹고서 사쿠를 만나러 왔어요. 사쿠는 어디 있어요?"

주위를 두리번거렸지만 강아지는 어디에도 보이지 않았다. 그러자 그녀가 잠시 기다리라고 말하고는 약국 뒤쪽으로 걸어갔다.

잠시 후 그녀는 털이 하얗고 푹신한 개를 안은 채 걸어 나왔는데, 나는 개의 몸집을 보고 깜짝 놀랐다.

"오, 못 알아볼 뻔했어요. 많이 컸네요."

"아주 잘 먹어요. 손님들이 불편해할까 봐 2층에 두었거든요."

그녀가 사쿠를 나에게 건네주며 말했다.

처음 봤을 때는 먼지를 잔뜩 묻힌 작고 마른 강아지였다. 하지만 이제 통통하게 살이 올라 훨씬 보기 좋았다.

"크게 자라는 개인가 봐요."

"네, 그래서 다음 달쯤에는 랏차부리에 있는 시아버님께 보낼 거예요. 거기에 과수원도 있고, 뛰어놀 공간이 충분해서 더 좋을 거예요."

"멋지네요. 사쿠, 네 앞에 아주 밝은 미래가 기다리고 있어."

나는 이제는 더 이상 작다고 할 수 없는 사쿠를 품에 안고 조금 부러워했다. 나도 당장 이 속세를 벗어나 방콕이 아닌 다른 곳으로 도망치고 싶었다. 이곳보다 공기도 훨씬 좋고, 교통체증도 없는 곳에서 좀 더 쾌적하게 살고 싶었다.

그래서 앞으로 돈을 더 아껴야겠다고 생각했다. 50세가 되면 땅을 사서 나만의 정원을 가꾸며 살고 싶었다. 아직 갈 길이 한참 멀지만 말이다. 일단 나는 이 잔인한 도시의 속물적인 현실을 꽤 오랜 시간 더 버텨야 할 것이다.

"마이, 와서 봐봐. 엄청 귀엽지?"

사쿠를 마이에게 데려가 품에 안겨주자, 사쿠를 받아 안은 마이가 그의 몸통을 부드럽게 쓰다듬었다.

사쿠는 마이의 세심한 손길과 사랑스러워하는 눈빛에 기뻐하는 것 같았다.

나는 가만히 서서 마이가 사쿠와 노는 걸 지켜보았다. 두 마리의 강아지가 서로에게 인사하는 모습 같았다.

음… 마이는 보통 우리가 어디를 가든 함께였는데…. 그러고 보니 꼭 큰 멍멍이 같다. 특히 그가 한 일에 대해 칭찬을 할 때면 귀를 쫑긋하고 꼬리를 사정없이 흔드는 모습이 연상될 정도였다.

"선배는 개를 좋아하세요?"

마이가 사쿠를 나에게 돌려주며 물었고, 나는 사쿠의 코를 톡톡 치며 대답했다.

"개, 고양이 다 좋아해. 집에서 한 마리도 못 키워서 아쉽지. 넌?"

"저도 선배랑 같아요."

나는 그를 올려다보며 미소를 지었다.

"정말 사랑스럽지?"

"네."

그가 나에게 더 가까이 다가왔고, 마이의 짙은 갈색 눈이 나의 눈과 마주쳤다. 그의 잘생긴 얼굴에 온화한 미소가 퍼지더니, 부드러운 목소리로 말했다. 그리고 그 말은 나를 아주 놀라게 했다.

"정말요. 정말 사랑스러워요."

"…."

나는 뻣뻣하게 고개를 내려 내 품에 안긴 사쿠를 바라보았다. 하얗고 통통하게 살이 오른 귀여운 강아지가 반짝이는 눈으로 나를 바라보는 모습이 몹시 사랑스러웠다. 그런데 왜 난….

나는 얼굴에 피어오르는 열기를 애써 무시했다.

사쿠는 사랑스럽다.

사쿠가 사랑스러운 것이다.

마이는 내가 아니라 사쿠에 대해 이야기한 것이다.

제이드, 도대체 왜 네가 그렇게 수줍어하고 그래?

"음… 그럼, 여기서 기다려. 사쿠를 돌려드리고 올게."

나는 마이의 얼굴을 쳐다보지도 않고 서둘러 안으로 들어갔다.

가슴이 심하게 쿵쾅거렸다. 이건 다 마이의 완벽한 아우라에 습격당해서 그런 것이다.

아주 잘생긴 남자가 그런 말을 바로 눈앞에서 하니, 정신을 차릴 수가 없다.

제발, 제이드!

이 남자는 네가 아니라 개를 말한 거라고!

이상한 짓 그만둬, 제이드!

* * *

우리는 누님과 인사를 나눈 뒤 회사로 돌아왔다.

사무실로 들어가려는데 아니나 다를까 누가 나를 불렀다. 돌아보니 항상 킹에게 선물을 보내는 회계팀의 민트였다.

나는 마이에게 먼저 가라고 한 뒤 오늘도 볼 빨간 그녀에게 다가갔다. 볼 빨간 그녀…. 내 말은, 그녀가 단지 수줍음이 많아서가 아니라 블러셔를 너무 짙게 칠하는 사람이라는 뜻이다. 물론 이 말을 했다가는 어떤 일을 당할지 모르니까, 말하지는 않는다.

"안녕, 민트. 오늘은 킹에게 뭘 주려고?"

나는 그녀의 손바닥에 들린 귀여운 종이봉투를 보며 뺨을 붉게 물들인 그녀에게 물었다.

"쿠키예요. 제가 직접 만들었어요."

그녀는 나에게 준비한 것을 꺼내 자랑스럽게 보여주었다.

가방 안에는 버터, 초콜릿, 딸기잼, 블루베리잼 등 다양한 맛이 나는 쿠키를 아홉 개의 슬롯에 나누어 담은 철제 상자가 들어 있었다. 나처럼 단것을 좋아하는 사람의 눈을 단숨에 매료시킬 만큼 맛있어 보였다. 그녀는 상자를 다시 종이봉투에 집어넣고 나를 향해 달콤한 미소를 지었다.

"제이드 선배, 이거… 전해줄 수 있어요?"

"킹 말이지? 응, 그럴게."

나는 당연하다는 듯이 말하며 종이봉투를 받아 들었다. 동시에 킹이 이걸 맛보게 해주지 않으면 정말 그의 번호를 X들에게 모두 팔아버리겠다고 다짐하기도 했다.

"아뇨, 아뇨. 킹 선배가 아니에요."

그녀가 고개를 저었다. 나는 혼란스러운 표정으로 그녀를 바라보았다. 그녀는 킹을 좋아하고 있었는데…. 킹에게 줄 게 아니라고? 근데 왜 나에게 전해달라고 하는 걸까.

어, 잠깐….

아냐, 말하지 마!

"눈치채셨죠? 마이를 위한 거예요. 아직 여자친구 없다고 들었어요. 게다가 선배가 사수라면서요? 괜찮다면…."

그녀는 두 손을 그러쥐고는 수줍게 몸을 배배 꼬며 말끝을 늘였다.

나는 돌이 된 것처럼 망연자실하며 서 있었다. 내면 깊은 곳에서부터 어떤 절망감이 솟구쳐 올랐고, 그것은 금방이라도 폭발해 바깥으로 쏟아져 내릴 것만 같았다.

이 소녀의 말은 이렇다.

지난주까지는 내 가장 친한 친구에게 집에서 직접 만들어 온 간식을 주었다. 그런데 이번 주부터는 내 아이로 타깃을 바꾸었다.

이건 아니지, 이 여자야! 이럴 순 없어!

그래도 나는 최대한 침착하게 이성적으로 행동하려고 노력했다. 사랑이라는 감정이 머리로 이해할 수 없는 복잡하단 걸 알지만 아무리 그래도 마음에 들지 않는다.

마이는 내 또 다른 가장 친한 친구인 으아를 좋아한다. 그러니 이 소녀에게는 미안한 말을 전해야겠다. 나는 그 누구도 그들 사이에 끼어드는 걸 용납하지 않을 것이다!

오랫동안 좋은 사람으로 있었으니, 이번만큼은 나쁜 사람이 되어야 할 때야, 제이드니팟!

"민트, 이 쿠키를 마이에게 주고 싶다고?"

"네."

그녀의 장밋빛 뺨이 더욱 붉어지는 것 같다. 하지만 나는 몹시 미안한 척, 안타까운 척 한숨을 푹 내쉬었다.

"민트, 있잖아…"

"무슨 문제라도…?"

"음… 좀… 그런 게 있어."

나는 좌우를 살피고는 참을성 있게 말을 기다리고 있는 그녀에게 더 가까이 다가갔다.

"있지, 네 마음을 아프게 하고 싶지는 않지만, 그래도 우린 친하니까 알려줘야 할 것 같아. 마이는….''

"뭔데요…?''

"이미 좋아하는 사람이 있어.''

"네?''

화장과 콘택트렌즈의 힘으로 이미 커져 있는 그녀의 눈이 더욱 커졌다. 그녀는 내 팔을 꽉 움켜잡았다. 날씬하고 작은 체구와는 다르게 악력이 너무 세서 좀 놀랐다.

진정해, 얘야.

좀, 아니 많이 아프거든!

"그게 누군데요?''

"어? 어….''

"마이가 좋아하는 사람이 누군데요?''

"미안하지만 그건 아주 개인적인 일이잖아. 너도 마이에게 이런 선물을 전할 필요 없어. 아마 마이도 이걸 받지는 않을 것 같아. 그 사람한테 정말 푹 빠져 있거든.''

단어 하나하나를 힘주어 말했고, 마지막은 말끝을 질질 끌며 여운을 더했다. 그녀의 턱은 거의 바닥에 닿을 정도로 떡 벌어졌다. 마침내 충격에 빠진 그녀가 나를 놓아주었다.

나는 팔을 벅벅 문지르며 그녀의 손아귀 힘에 대해 생각했다.

왜 이렇게 힘이 세…? 멍들겠어!

"정말이에요…? 아쉽네요…."

"괜찮아, 민트. 세상에 다른 싱글 남자는 많고, 너처럼 예쁘고 어린 여자는 금방 좋은 남자를 만날 수 있을 거야. 마이는 그냥 둬. 그런데 이 쿠키는 어떻게 해? 킹에게 가져다줄까?"

그녀는 한숨을 쉬며 종이봉투를 도로 가져갔다.

"괜찮아요. 귀찮게 해서 죄송해요."

"아냐, 괜찮아."

나는 거기 서서 그녀가 쿠키가 든 종이봉투를 서랍에 넣고 열쇠로 잠그는 장면을 슬프게 지켜보았다.

잠시 후 그녀에게 인사를 하고 사무실로 돌아왔다.

정말 유감이다. 왜 이전처럼 킹에게 쿠키를 주지 않은 걸까?

그 쿠키… 정말 먹어보고 싶었는데!

사무실로 돌아온 나는 내 책상에 앉아 화면을 켜면서 흥얼거렸다. 간식 먹을 기회를 놓쳤음에도 불구하고 여전히 행복한 감정을 느꼈다.

좋아, 해냈어!

히히.

"선배."

"응?"

"왜 웃고 계세요?"

마이의 물음에 나는 그제야 내가 볼이 아플 정도로 너무 웃고 있었다는 걸 깨달았다.

"아무것도 아니야. 그냥 재미있는 일이 생각나서."

나는 그에게 다시 일을 하자고 말하며 화면으로 고개를 돌렸다. 그리고 웃지 않으려고 최선을 다했다.

하지만….

웃음을 참는 게 너무 힘들어!

그냥 웃고 싶어!

아하하하!

10

네가 무슨 생각을 하는지 다 알아

나는 새 인턴의 수려한 외모를 처음 본 순간부터, 내 잘생긴 두 친구의 자리가 위태로워질 거라는 건 이미 예상했다. 그의 외모는 완벽하고, 품행도 바르며 매너도 좋다. 라이징 스타 마이의 인기가 머지않아 내가 살고 있는 콘도 주변까지도 잠식할 것이라고 나는 확신했다.

이런 걸로 내기 같은 걸 할 수 있었다면, 아마 지금쯤 난 억만장자가 되었을 것이다.

이번엔 내가 적절한 타이밍에 민트의 접근을 잘 막아냈지만, 여전히 사무실에 있는 많은 다른 여직원들이 마이에게 접근하기 위해 호시탐탐 기회를 노리고 있었다. 어떤 직원은 그에게 전할 선물을 나에게 부탁하기도 했고, 또 다른 직원들은 용기를 내 직접 그에게 대시하기도 했다. 하지만 모두 정중하게 거절당했다.

후후후….

나는 그런 상황을 보면서 종종 히스테릭하게 웃었는데, 파이 선배가 내게 의사를 만나고 오라고 할 정도였다.

내가 왜? 난 아주 건강하다.

이런 상황을 읽어내는 아주 특별한 감각이 있다는 것이 내 유일한 장점인데.

나는 다시 기분 좋게 미소 지었다.

사실 나는 여자들이 마이에게 접근하는 걸 직접 목격한 적이 있다. 내가 탕비실에서 커피를 내리는 동안 우연히 일어난 일이었다. 당시 마이에게 접근한 회계팀 여자는 꽤 예뻤기 때문에 난 그의 반응이 몹시 궁금했다. 만약 나에게 그런 일이 있었다면 아마 홀랑 넘어갔겠지만 마이는 주저 없이 거절했다. 나는 그의 지조 있는 모습을 보고 몰래 추가 점수를 주었고, 하루 종일 행복해하기까지 했다.

그의 굳건한 사랑이 존경스러웠고, 내 친구를 보내주기에 부족함이 없는 것 같았다. 그들이 연애를 하게 된다면, 마이는 결코 으아의 마음을 아프게 하지 않을 것이라고 확신했다. 그래서 지금 남아 있는 고민은 어떻게 하면 으아의 마음을 열 수 있을까 하는 것뿐이다.

처음에는 이런 게 손바닥 뒤집는 것처럼 쉬울 것 같았지만, 최근에는 자신이 없어졌다.

나는 대학 교복을 입은 키 큰 남자가 몽콘 선배를 위해 복사를 하는 모습을 쳐다보았다. 몽콘 선배는 나에게 허락도 안 구하고 감히 내 인턴을 부려먹었다.

그런 마이를 보면 볼수록 마음이 무거워졌다. 마이는 내 부사수라서 다른 선배들과 어울리는 것보다 나와 함께 보내는 시간이 훨씬 많았다. 그래서 근무 시간이 아닐 때는 으아와 마이가 둘만의 시간을 가질 수 있도록 최선을 다했다. 하지만 그게 여간 어려운 게 아니었다. 마이는 마치 새끼 강아지가 어미 개를 따라다니듯이 내가 가는 곳이면 어디든 따라왔기 때문이다. 아마 마이가 나를 따라오지 않는 유일한 곳은 화장실 변기 칸뿐일 것이다.

한번은 너무 짜증이 나서 한마디 하려고 한 적이 있는데, 그의 강아지 같은 눈망울을 보고는 도저히 무슨 말도 할 수가 없었다. 그는 정말… 사랑스러운 아이 같았고, 앞으로도 절대 그를 꾸짖을 수 없을 것 같았다.

좋아, 내가 포기할게.

꽤 오랜 시간 함께 지내다 보니 마이가 알게 모르게 수줍음이 많은 아이라는 것도 알게 됐다. 조금만 칭찬해줘도 귀가 빨개졌다. 최근 들어 으아는 그와 이야기를 하는 시간이 더

늘었는데, 마이는 너무 부끄러워서 어쩔 줄 몰라 했다. 아마 그런 것에 스트레스를 받기도 하니까, 편안한 내 옆에 꼭 붙어 있기로 했을지도 모른다.

그래서인지 둘만의 시간을 만들려는 내 노력에 그는 전혀 협조적이지 않았다. 오히려 더 어렵게 만들었다.

꼬마야, 네가 이런 쪽으로는 엄청나게 내성적이라는 건 알지만, 계속 이렇게 가다가는 네가 원하는 걸 얻을 수가 없어.

지금도 그렇다. 으아가 그의 옆쪽으로 지나가고 있는데, 마이는 곧장 몸을 돌려 나를 바라보고 있다.

내가 무슨 네 정신적 지주라도 되냐고오오!

아니면 내가 조력자에서 네 엄마로 전직이라도 한 거야?

아이고, 두통이야….

나는 스트레스를 진정시키기 위해 야돔*을 꺼냈다. 으아에게 '마이가 너에게 반했어'라고 시원하게 말해주고 싶지만, 그가 내 말을 믿지 않을 수도 있다. 그렇다고 킹에게 부탁하자니 날 맨날 그런 상상이나 하는 멍청이로 여길 것이 뻔하고, 그 둘이 불편해질 때까지 놀려먹기만 할 것이 분명했다. 그건 확실히 좋은 방법이 아니다. 이도 저도 어려우니, 결국 마이의 지원군은 나뿐이란 소리다.

---

* 멘톨, 페퍼민트 등의 오일이 들어간 아로마테라피 의약품.

정작 나도 애인이 없는데 가만히 둬도 누구든 만날 수 있는 저 두 사람을 이어준다고? 글쎄, 내 코가 석 자인데…. 내가 그 일을 해낸다면 내 노력을 가상히 여긴 하느님이 나를 위해 누군가를 보내주실지도 모른다.

물론 내가 단지 외로워서, 심심해서 이런 일에 열성인 것은 아니다.

그때 파이 선배가 다가와 물었다.

"시간 괜찮아, 제이드? 이 파일들 창고로 가져가는 것 좀 도와줄 수 있어?"

나는 의자에서 일어나 그녀가 종이 파일로 가득 찬 상자를 책상에서 창고로 옮기는 걸 도왔다.

"요즘 어때? 바빠?"

에어컨도 없는 창고 안 캐비닛에 파일들을 정리해 넣는 동안 파이 선배가 나에게 물었다.

그녀의 손톱에는 커다란 루비 조각이 박혀 있었는데 너무 빛이 나서 눈이 멀 것 같았다. 나는 시야를 확보하는 잠시 동안 그 비즈가 무겁진 않은지 궁금해했다. 손톱에 저런 걸 붙여놓으면…. 화장실에서 볼일은 어떻게 봐?

이 호기심을 해결하기 위해 솔직하게 물었다간 분명 이 창고 안에서 살해당할 테니까, 그냥 덮어두어야겠다.

"항상 똑같죠, 뭐. 마이가 많이 도와주는데 그것도 이제

두 달밖에 안 남았네요."

나는 슬픈 감정이 뒤섞인 한숨을 내쉬었다. 시간은 정말 빠르게 흘러 눈 깜짝할 사이에 두 달이 지나갔다. 그리고 앞으로 두 달만 더 지나면 마이의 인턴십은 종료된다. 나는 이보다 더 뛰어난 도우미를 만날 순 없을 테고, 다시 회사를 오고 가기 위해 지상철을 타야 할 것이다.

고작 두 달밖에 안 됐지만 나는 마이와 함께 다니는 데 너무나 익숙해졌다. 거의 하루도 빠지지 않고 300만 바트에 달하는 그의 BMW를 올라타고 있었다. 심지어 나는 이제 더 이상 그의 차를 다치게 할까 봐 두려워하지도 않고, 아무 걱정 없이 고급진 조수석에 편안히 누워 있는 법도 터득했다.

아, 생각할수록 슬프다. 그 편안함과 안락함에 나는 정말로 익숙해져버렸는데.

"그럼 마이한테 우리 회사에 입사하라고 해. 마이라면 쉬울 거야. 넌 이미 그 아이와 아주 가까운 사이잖아."

"음…."

나는 그녀가 무슨 말을 하는 건지 잘 모르겠어서 곧장 대답을 할 수 없었다.

내게 마이는 꽤 가까운 사람이지만, 마이에게도 내가 그런지는 알 수 없었다. 게다가 마이에게 우리 회사에 입사하라고 권하고 싶지도 않았다. 우리 회사는 규모도 크지 않고 업계에서 그다지 영향력이 있는 곳도 아니기 때문이다. 나는 마이가 연봉을 겨우 1퍼센트만 올려주거나 매년 동결할 뿐인 작은 회사에 갇히지 말고 성장 가능성이 크고 복지도 훨씬 좋은 회사에서 더 많은 기회를 갖고 일하기를 바란다. 그러니 나는 감히 그의 앞길을 막을 수 없다.

"제이드."

"네?"

나는 돌아서 파이 선배를 바라보았다.

두꺼운 아이라이너를 그린 그 눈이 내 얼굴을 잠시 바라보더니 나를 혼란스럽게 하는 질문을 던졌다.

"너랑 마이, 무슨 사이야? 둘이 만나?"

"하?"

"그러니까… 너희 둘은 정말 친하잖아. 나 너희 둘이 함께 다니는 거 정말 많이 봤어. 무슨 일이야? 사귀는 거야?"

그녀는 눈을 가늘게 뜨고 웃으며 물었다.

내 눈썹은 그녀가 보기에 잔뜩 찡그려졌을 것이다. 우리가 어디든 함께 가는 걸 다들 봤을 거라는 건 알지만, 사귀냐고? 하, 상상력도 참 좋다.

나는 몹시 혼란스러웠다.

"아뇨, 당연히 아니죠. 마이는 이미 다른 사람을 좋아하고 있어요."

"아, 그래? 난 마이가 널 좋아하는 줄 알았어."

그녀는 내 대답에 아주 실망한 것 같았다. 그런 그녀를 보며 나는 왠지 웃고 싶어졌다.

"선배가 잘못 안 거예요. 저를 좀 봐요. 저 같은 사람이랑 누가 연애를 하고 싶겠어요?"

나는 어이없다는 듯 웃으며 고개를 저었고, 그녀가 나머지 파일을 정리하는 것을 계속 도왔다.

사람이 상대에게서 가장 먼저 보는 것은 외모다. 난 그냥 평범해 보이는 남자고, 특별할 게 하나도 없다. 항상 이랬고, 그래서 지금까지 싱글로 지냈다.

"사람들은 얼굴이 아니라 사람 그 자체를 보고 좋아하는 거야. 안 그랬으면 나한테 남편이 있었겠어?"

그녀의 목소리는 무척 부드러웠다. 선배는 나를 위로하려고 애쓰고 있었다. 나는 그 모습을 보며 한 번 더 웃었다.

"선배, 저 위로하려고 본인을 비하하는 거예요? 존경합니다, 자매님."

"사실을 말한 거거든!"

그녀는 씁쓸하게 시선을 돌렸다. 나는 그녀를 놀리는 걸 그만두었다. 그러지 않으면 그녀의 손톱에 있는 루비가 내 얼굴에 박힐 것 같았다.

"하지만 정말이야. 마이는 네 옆에 항상 붙어 있다고."

10초도 지나지 않아 그녀는 나에게 한 번 더 말했다. 그녀의 얼굴은 여전히 의심으로 가득 차 있었다.

"마이는 네가 가는 곳마다 따라다녀. 네가 나한테 말하지 않았으면, 난 마이가 널 좋아한다고 확신했을 거야."

"그건 말도 안 돼요. 마이는…."

순간 며칠 전 사쿠를 만나러 갔을 때 나눴던 대화가 떠올랐다.

'선배는 개를 좋아하세요?'

'개, 고양이 다 좋아해. 집에서 한 마리도 못 키워서 아쉽지. 넌?'

'저도 선배랑 같아요.'

'정말 사랑스럽지?'

'정말요. 정말 사랑스러워요.'

사랑스럽다고 말할 때 마이는 사쿠가 아니라 나를 보고 있었다.

하지만….

"제이드, 제이드!"

"네, 네…?"

"너 왜 그래? 너 지금 완전 바보 같은 표정이야. 얼굴은 또 왜 그래? 새빨개져서는."

그녀가 내 얼굴을 이리저리 살피며 물었다.

나는 천천히 뺨에 손을 가져갔다. 뺨에서 느껴지는 열기에 나는 더 혼란스러움을 느꼈다.

"아무것도 아니에요. 어… 여기가 너무 덥잖아요. 얼른 나가요."

나는 시선을 피한 채 재빨리 창고를 빠져나가기 위해 몸을 돌렸다. 나를 따라오는 파이 선배의 시끄러운 발소리가 들렸다. 지금 내 심장박동 소리가 그녀의 하이힐 소리만큼이나 큰 것 같았다. 자꾸만 마음속에서 이것저것 떠올랐고, 아직도 마이의 깊은 목소리가 내 귓가를 맴돌았다.

그날은 그와 눈만 마주쳐도 그 생각만 났다.

그날… 그가 한 말이 사쿠가 아니라 나를 향한 것이었다면….

사쿠가 아닌 내가 사랑스럽다는 뜻이었다면….

나는 머릿속에서 그 말도 안 되는 생각을 그만 떨쳐내려고 거칠게 머리를 흔들었다.

자리로 돌아와 긴 숨을 내쉬며 의자에 털썩 주저앉았다.

마이가 처음 온 날 으아를 어떤 눈으로 바라봤는지 알면서. 으아에게 하는 행동이 얼마나 뻔했는데…. 날 좋아할 리가 없다.

하지만….

맞다. 우린 많은 시간을 함께 보냈다. 그는 사람을 세심하게 배려하는 사람이기 때문에, 나 같은 사수를 대하는 방식을 보면 사람들이 그런 오해를 할 수도 있을 것 같다.

옆에서 본인의 작업에 열중하고 있는 이 말썽쟁이를 보니 피곤함이 몰려왔다.

처음에는 건이었고 이제는 파이 선배까지….

이 빌어먹을 꼬마야, 너 때문에 사람들이 우리 사이에 대해 오해를 하잖아.

* * *

"다들 퇴근합시다!"

나는 큰 소리로 외치며 굳은 몸을 쭉 뻗어 한껏 늘렸다.

시계는 오후 5시 30분을 가리키고 있었고, 사람들은 이미 가방을 다 챙겼다. 벌써 10분 넘게 메이크업을 고치고 있는 파이 선배와 이미 컴퓨터를 끄고는 향수를 뿌리며 여자를 만나러 갈 준비를 하고 있는 건이 보였다. 아, 나의 존경하는 선배 몽콘은? 그는 이미 5시에 사라지고 없다.

"내일 봐, 얘들아. 갈게, 마이."

파이 선배는 마이에게 반짝이는 손톱을 흔들었다. 내 옆에 있던 남자도 웃으며 화답했다.

"조심히 가세요."

"아아아아, 나 걱정해주는 거야? 마이 너 정말 상냥하구나. 너무 사랑스러워. 내 가방에 넣어서 집에 데려가고 싶을 정도야."

그녀는 깔깔거리며 웃다가 짜증 나는 목소리가 들리자 멈추었다.

"제 생각에 마이는 선배랑 어디도 함께 가고 싶어 하지 않을 것 같은데요."

킹이었다.

그녀는 그를 향해 몹시 화가 난 얼굴을 해 보이고는 모델처럼 요란한 걸음걸이로 사무실을 빠져나갔다. 나도 컴퓨터를 끄고 가방을 챙겼다.

"으아, 시장에 오리국수 먹으러 갈래?"

오늘은 마이와의 저녁 식사에 꼭 으아를 데리고 가야겠다. 으아는 그 국수 가게를 좋아하니까 거절할 수 없을….

"못 가."

으아가 내 말이 끝나기 무섭게 곧장 거절 의사를 밝혔다.

내 부푼 마음은 빠르게 오그라들었다.

"왜 안 돼?"

"집에 오래."

그의 목소리는 평소보다 훨씬 무뚝뚝했다. 나는 잠시 말없이 서 있다가 그의 어깨를 가만히 두드렸다.

으아에게 집은 안식처가 아니었다. 엄마와 관계가 그다지 좋지 않기 때문이다. 엄마가 재혼한 새 남편과 문제가 있었다고 했지만, 정확히 어떤 문제인지는 말해주지 않았다. 그래서 나는 그저 그 재혼한 남편이 의붓자식을 예뻐하지 않는가 보다, 하고 막연히 생각했다.

"알겠어. 조심히 잘 다녀와."

아쉬운 마음으로 말하고 나서 나는 마이를 바라보았다.

그도 으아의 목소리에서 다른 점을 느낀 것 같았다. 그의 짙은 갈색 눈이 여전히 으아를 응시하고 있다. 으아를 걱정하고 있는 게 분명했다.

"갈게. 내일 봐."

으아가 돌아서서 떠났다.

나는 팔짱을 끼고 서 있는 킹을 바라보았다. 그도 으아를 바라보고 있지만 그 눈빛은 잘 읽히지 않았다.

"넌? 너도 갈래? 아니면 또 데이트?"

킹은 고개를 저었다.

"오늘은 됐어. 그냥 집에 갈래. 네 데이트를 방해하고 싶지도 않고."

그가 나를 바라보며 말했고, 놀란 마이는 눈썹을 치켜올렸다. 오늘도 킹을 너무나 걷어차고 싶다.

"데이트는 개뿔! 혼자 먹든지 말든지!"

나는 그를 향해 소리치고 마이의 소매를 잡아끌고 나왔다.

킹이 이럴 때면 나는 몹시 씁쓸해졌다. 고등학교 때, 그는 나를 함께 학교 상담실 일을 지원한 한 소녀와 엮었다. 처음엔 별로 어려운 사이가 아니었지만, 그가 우리 둘에 대해 헛소리를 하기 시작하자 그녀와 관계가 어색해졌고, 심지어 나를 쳐다보는 것조차 피하기에 이르렀다. 그리고 나중에야 그녀가 우리 반에 자주 온 이유가 킹을 보기 위해서였다는 걸 알게 되었다.

나는 그녀가 나를 피한다는 이유로 화를 낸 적은 없다. 누가 사귀고 싶지 않은 사람과 함께 있는 것으로 오해를 받고 싶어 하겠는가. 나는 그녀를 이해한다. 하지만 킹이 또 이런 식이면…. 마이는 앞으로 나와 두 달을 더 함께 일해야 한다. 그런데 또… 만약 으아가 그의 말을 듣고 오해하기라도 하면…. 내 모든 노력이 물거품이 될 것이다. 물론 마이와의 관계도 엉망이 될 테고.

심호흡을 하며 화를 가라앉혔다. 킹은 입에 똥이라도 물고 있는 것 같다. 갚아주고 싶다고! 도대체 어떻게 해야 복수할 수 있을까. 어쩌면 그가 화장실 안에 쓰러져 변기를 붙잡고 해롱해롱 죽어가던 장면을 올해 연례 워크숍에서 모두에게 공개할 수도 있을 것이다.

모든 여자들이 자길 좋아한다고 허세 부렸지? 네 쓰레기

같은 모습을 보고도 널 좋다고 할지 한번 볼까, 킹?

나는 그에게 복수할 방법을 생각하느라 걷는 것을 잊고 서 버렸고, 뒤에서 따라 걸어오던 마이가 내 등에 부딪혔다. 갑작스러운 충격에 균형을 잃은 나는 바닥에 고꾸라지면서 눈을 꼭 감았다. 하지만 뒤에 있던 사람의 단단한 팔이 내 허리를 감싸 안아 지탱해주었다.

"죄송해요."

귓가에 닿는 그의 따뜻한 숨결이 내 얼굴의 온도를 최고 수준으로 끌어올렸다.

"괜찮아. 내 잘못이야."

나는 서둘러 그를 밀어내고 목덜미를 문질렀다.

이런 일이 처음은 아니었다. 나는 가끔 이런 식으로 공상을 하다가 아무 데서나 갑자기 멈춰 서곤 했고, 이전엔 아무도 나를 따라다닌 적이 없었기 때문에 어떤 문제도 생기지 않았다. 그런데 지금은 이 남자가 내가 어디를 가든 따라오다 보니 갑자기 멈춰 설 때마다 이렇게 부딪혔다.

그때마다 마이는 항상 괜찮았다. 그는 덩치도 나보다 훨씬 크고 힘도 세니까, 살짝 부딪히는 정도로 타격을 입지는 않았다. 하지만 난 항상 크게 휘청거렸다. 거의 땅에 곤두박질칠 것처럼. 마이가 나를 붙잡아주긴 했지만, 어느 날 그가 더 이상 나를 잡아줄 수 없다면. 그때는 그냥 그대로 얼굴을 땅바닥에 처박게 되는 것 아닌가.

조심해야겠다. 그러지 않으면 언젠가는 반드시 피를 볼 것이다.

"제가 부주의했어요. 선배랑 벌써 몇 번이나 부딪혔잖아요."

그가 몹시 미안해하며 고개를 떨궜다.

"아니야, 내가 부주의했어. 내가 늘 대처를 못 할 만큼 갑자기 걸음을 멈추잖아. 다음엔 나 따라오지 마, 아니면 내 앞에서 걷거나… 아니면 옆에서 걷는 건 어때?"

마이가 고개를 들고 환하게 웃더니 내 옆에 섰다.

"그럼, 이제부터 선배 옆에서 걸을게요."

"좋아."

나는 대수롭지 않게 고개를 끄덕였다. 그런데 그의 눈에서 또 반짝이는 불꽃이 튀었다. 나는 또 가슴이 요동칠 것만 같아서 무슨 일이 일어나기 전에 서둘러 시선을 돌렸다.

"밥부터 먹자. 나 지금 너무 배고파."

마이와 나란히 걸으며 저녁노을에 오렌지색으로 물들어가는 건물들 너머 깨끗한 하늘을 올려다보았다. 저 위에는 구름 한 점 없다.

오늘은 비가 내리지 않으려나 보다.

그건 곧 엄청 더워질 거라는 징조다.

***

국수 가게에는 손님이 항상 많기 때문에 여유롭게 식사를 즐길 수는 없었다. 우리는 기다리는 다른 손님들이 이어서 앉을 수 있도록 최대한 빨리 먹었고, 집으로 가지고 갈 간식을 사서 주차장으로 돌아왔다.

"오늘 국수 맛있었어?"

그가 미소를 지으며 대답했다.

"선배랑 가는 데는 항상 맛있어요."

"으아가 같이 못 와서 아쉬워. 으아가 여기 국수 엄청 좋아하거든."

나는 차 문을 열고 조수석에 올라타며 말했다.

마이가 시동을 거는 동안 안전벨트를 맸고, 우리는 앞으로 엄청난 교통체증을 맞이할 준비를 마쳤다.

"물어볼 게 있어요. 으아 선배는 가족이랑 사이가 좋지 않아요? 그 이야기를 별로 하고 싶어 하지 않는 것 같아서요."

나는 눈을 감고 좌석에 등을 기대었다.

"응, 좀 그래. 어머니가 재혼을 해서 더 이상 으아에게 신경을 쓰지 않는 것도 있고…. 양아버지랑도 사이가 좋지 않아. 그래서 집에 가는 걸 싫어해. 다른 문제도 있고…."

"안타깝네요."

마이가 씁쓸하게 중얼거렸다.

나는 다시 눈을 떴다. 그리고 조금 머뭇거리며 마이를 바라보았다.

"으아가 남자를 좋아하는 거… 알지?"

"네."

"으아의 어머니가 반대를 하셔서…. 음… 좀 그래."

나는 길게 한숨을 내쉬었다. 이것이 으아와 어머니의 관계를 악화시키는 이유 중 하나였다. 다양한 성 정체성이 사회에서 점점 널리 받아들여지고 있긴 하지만, 여전히 그것을 받아들이지 못하는 사람들도 많이 있다. 으아의 어머니도 그중 한 사람이다.

"그래서 으아가 집에 가는 걸 싫어해."

"네, 본가에 가는 게 불편하다고 말했었어요. 이해해요."

"네 가족은 어때?"

"음… 딱히 물어본 적은 없어요. 사실 우리 집은 어떤 면에서는 구식인데, 제가 장남도 아니고, 형이 결혼해서 아이를 낳았으니… 조금 더 자유롭죠. 아마 제가 남자를 좋아한다고 해도 별문제 없을 것 같아요."

나는 그의 말을 가만히 듣기만 했다. 조금 마음이 불편했다. 사랑은 오롯이 두 사람 사이에서 이루어져야 하는데, 가족이 서로 사랑하는 것에 결정권을 가진다는 것이….

마이의 가족이 으아와의 관계를 받아들이지 못한다면, 으아의 처지가 너무 안타까울 것이다.

"너 좋아하는 사람 있지? 네 가족이 그 사람을 받아들이지 못한다고 하면 어떨 것 같아?"

마이는 미소를 지으며 대답했다.

"제가 사랑하는 사람이라면 제 가족들도 분명 아껴줄 거라고 생각해요. 게다가 제가 좋아하는 사람은 정말 다정하고 사랑스러우니까, 모두가 그를 사랑할 수밖에 없을 거예요."

차 안은 완전히 고요해졌다. 나는 어떤 말도 떠오르지 않았다. 오히려 갑자기 긴장된다.

그의 말은 깨끗하고 분명했다. 그리고 아주 따뜻했다. 나까지 부끄러울 정도다. 이번엔 마이가 수줍음은 많아도 은근 당돌한 구석이 있다는 걸 깨달았다.

이 댕댕이는 때때로 발톱을 꺼낼 줄도 안다.

나는 아무 말도 하지 않고 조용히 앉아 생각에 잠겼다. 그러다 또 빨간 신호등을 만났을 때 마침내 침묵을 깨고 말했다.

"마이."

"네?"

"네 마음속에 있는 사람, 포기하지 마."

앞만 보고 운전을 하던 마이의 시선이 순식간에 내게로 옮겨 왔다. 그는 약간 방심했다는 듯한 표정을 짓더니 조금 확신이 없는 듯한 표정으로 되물었다.

"제가 좋아하는 사람이 누구인지 아세요?"

"물론이지."

나는 자신 있게 고개를 끄덕였다. 최고의 탐정 만화에서 배웠는데, 어찌 모를 수 있겠는가.

게다가 꼬마야, 넌 정말 숨기는 걸 잘 못해서 여기 온 첫날 바로 들켰단다. 하지만 나는 내 뛰어난 관찰력을 뽐내지 않고 아직은 혼자만 알고 있기로 했다. 그가 으아와 성공적으로 연애를 하게 되면 결국은 다 알게 되겠지.

"그럼… 그러면 선배는… 그 사람도 절 좋아한다고 생각하세요?"

그가 몹시 갈망하는 얼굴로 물었다.

나는 눈을 몇 번 깜박이며 답을 찾다가 그의 넓은 어깨를 가만히 두드려주었다.

"누가 널 좋아하지 않겠어? 넌 정말 멋진 사람이야."

으아가 마이를 남자친구 상대로서 좋아하는지는 잘 모르겠지만, 그는 분명히 좋은 감정을 가지고 있었다. 지금은 그다지 강렬하게 끌리는 게 아닐지라도 그런 건 언제든지 바뀔 수 있다. 계속 노력한다면 할 수 있을 것이다.

내가 널 끝까지 지지할게, 꼬마야!

"전 전혀 몰랐어요. 절 그저 그렇게 여기는 것 같아서, 저를 좋아하지 않는 줄 알았어요.”

그의 짙은 갈색 눈동자에 희망의 불빛이 일렁였다. 나는 그에게 푸근한 미소를 지어주었다.

그는 이제 기뻐 보였다. 거의 프로펠러처럼 사방으로 정신없이 흔들리는 꼬리가 보이는 것 같았다.

“이런 일에는 시간이 좀 걸리잖아. 여기 온 지 두 달밖에 안 되어서 서로 알아갈 시간이 부족하니까. 널 좋아한다고 말하게 하긴 너무 이르지만, 분명 생각하고 있을 거야. 그러니까 너무 비관적으로 생각하지 말고 포기하지 마.”

마이는 활짝 웃으며 내 손을 잡았다.

“절대 포기하지 않을 거예요. 저 정말 좋아해요. 정말⋯ 정말로요.”

그의 미소는 너무 밝아서 그의 아우라에 눈이 멀 것만 같았다.

젠장.

눈을 살짝 감고 웃는 모습마저도 너무 잘생겼다.

이건 불법이야!

나는 내 손을 잡고 있는 커다란 손에 눈이 갔다.

아마도 자신에게 든든한 지원군이 있다는 것에 감동했나보다. 신호등이 녹색으로 바뀌었는데도 내 손을 꽉 잡고 놓지 않았다.

"마이, 신호."

"아, 네."

마침내 내 손을 놓았지만 얼굴은 여전히 활짝 웃고 있었다. 마이 주위로 꽃잎이 떠다니는 것 같았다. 나는 웃지 않으려고 입술을 꽉 물어야 했다. 하지만 결국 입꼬리를 쭉 늘려버리고 말았다.

귀여워….

"여기 세우면 돼."

내 콘도 입구에 가까워지자 그에게 말했다. 나는 예전부터 늘 콘도 근처 인도에 내려달라고 했다. 그래야 그가 나를 안쪽까지 데려다주느라 돌아 나와야 하는 수고를 하지 않아도 되었기 때문이다. 하지만 마이는 너무 고집이 세다. 그는 항상 콘도 입구 바로 앞까지 와서 차를 세웠다.

"너 진짜 고집 세."

나는 안전벨트를 풀기 전에 지친 듯 고개를 저었고, 그는 수줍게 미소를 지었다.

"바로 콘도로 들어가면 좋잖아요."

"알겠어, 알겠어. 고마워. 내일 봐!"

"선배!"

내가 조수석 문을 열려고 하자 마이가 내 손을 잡아 끌어당겼다.

"좋은 꿈… 꾸세요."

"…응, 그럴게."

그의 손에 붙잡힌 내 손을 바라보았다. 잠시 후 마이가 내 손을 놓아주었다.

"내일 봐요."

나는 차에서 내려 그에게 손을 흔들었다.

손….

보통은 그냥 '잘 자'라고 인사하곤 했다.

근데 오늘은 왜… 왜 내 손을 잡았지?

* * *

다음 날 오전, 평소처럼 일하고 있는데 누군가 내게 종이 한 장을 건넸다. IT 부서 구성원의 이름이 적힌 종이였다.

"건, 이게 뭐야?"

오늘도 산발인 남자가 노트북에서 시선을 떼고 나를 쳐다봤다.

"바스 선배가 셔츠 사이즈 조사하래요."

"셔츠 사이즈? 갑자기 셔츠 사이즈는 왜?"

"조금 전에 선배가 말하는 거 같이 듣지 않았어요? 운동회에서 입을 셔츠요. 선배 셔츠 사이즈 적어서 바스 선배에게 전해주세요. 다른 사람들은 이미 다 적어 넣었어요."

그렇게 말한 다음 그는 다시 일에 집중했다.

이제야 알았다.

우리 회사는 직원들의 스트레스를 해소하고 직원들 간의 유대감을 형성할 목적으로 매년 임직원 단합대회를 열었다. 모든 부서의 직원들을 섞어서 그룹을 나누어 팀을 이루고, 티셔츠 색으로 구분해 줄다리기나 뚜껑 뒤집기, 간식 따먹기 같은 게임을 했다. 난 운동을 별로 좋아하지 않지만, 일하는 것보단 나으니까 단합대회를 하는 것이 항상 기다려졌다.

가장 많은 포인트를 획득한 팀이 승리하고, 그 팀의 모든 멤버에게 보상이 주어졌기 때문에 모든 사람들이 진지하게 게임에 임했다. 나는 작년 단합대회에서 승리해 500바트를 받았다.

또다시 그때가 왔다. 좋은 선수들과 팀을 이루길 기대했다.

나는 내 사이즈를 적다가 목록에 있는 이름을 발견하고는 내 옆에 있는 그 이름의 주인을 물끄러미 보았다. 마이는 작업에 집중하고 있었다.

그때 어떤 생각이 머릿속에 떠올랐고, 나는 곧장 탕비실에 있는 바스 선배에게 달려갔다.

"바스 선배."

"다 썼어?"

그에게 종이를 건네주고는 가까이 몸을 굽혀 속삭였다.

"혹시 우리 부서 사람들 다 조 짰어요?"

"아직. 시간이 없었어."

다행이다. 미소가 절로 나왔다. 내가 큐피드로 변신할 순간이 왔다.

"마이도 참가하는 거죠?"

"그렇지."

"그럼 마이랑 으아는 같은 팀에 넣고, 난 다른 팀에 넣어줄 수 있어요?"

"왜?"

"마이도 나 말고 다른 선배들이랑도 좀 어울려야죠. 마이는 늘 나랑만 붙어 있으니까, 다른 연결고리가 좀 생겼으면 좋겠어요."

나는 아주 합리적인 이유를 제시했다. 그들을 엮어줄 뿐만 아니라, 아주 좋은 선배처럼 보이기까지 할 것이다.

너 진짜 끝내준다, 제이드!

"글쎄, 까먹지 않으면, 으아의 팀에 넣을게."

"잊으면 안 돼요. 마이랑 으아는 같은 팀이어야 해요. 알겠죠?"

"알겠어, 알겠어. 가서 일이나 해."

바스 선배가 나를 귀찮다는 듯이 쫓아냈다.

나는 무슨 싸움에서 승리라도 한 것처럼 웃는 얼굴로 돌아왔다. 마이는 신입이고 다른 부서의 사람들과 친하지 않았다. 타고나게 다정한 성향의 으아라면 분명 잘 챙겨줄 것이다. 적어도 그들은 미들맨인 나 없이도 하루 종일 이야기를 나눌 수 있을 것이다. 그리고 난 그들과 아주아주 멀리 떨어져 있을 것이다!

나 진짜 최선을 다하고 있어, 마이!

그러니까 마이, 크리스피크림 잊으면 안 돼!

11
스포츠는 최고의 명약

학창 시절 가장 지루했던 일이 뭐냐고 묻는다면, 나는 가장 드라마틱한 기억을 남겨준 운동회라고 말할 것이다. 물론 그때도 나는 그저 평범한 학생이었기 때문에 게임에 선수로 참여할 기회가 오지는 않았지만 킹은 달랐다. 난 항상 관중석에 있었지만, 킹은 청춘 드라마의 주인공처럼 늘 경기장에 있었고, 여자아이들은 그가 공에 발을 대기만 해도 악악, 소리를 지르곤 했다. 그리고 내 역할은 가능한 한 큰 목소리로 우리 팀을 응원하는 것이었다. 그렇게 수년 동안 운동회에서 갖가지 게임을 하며 이기고, 지고를 반복했지만, 확실한 것은 난 항상 소리만 너무 질러대서 목이 아팠다는 것이다.

그래서 학교 운동회는 싫지만, 임직원 체육단합대회라

면… 얘기가 달라진다.

오늘은 회사 생활 중 가장 행복한 임직원 단합대회의 날이다. 설레는 마음을 가다듬으며 행사장인 사립대학교 체육관으로 들어왔다.

행사가 시작되기 직전이라 파란색과 오렌지색 티셔츠를 입은 직원들이 삼삼오오 모여 있었다. 체육관의 오른쪽 관중석에는 내가 입고 있는 것과 같은 종류의 파란색 셔츠와 모자가 좌석에 가지런히 놓여 있었다.

이 회사에 입사해 4년간 근무하면서 나는 연말 단체 여행보다 더 좋은 게 이 행사라는 것을 깨달았다. 여행은 사장님도 함께 가는 데다가, 여행 내내 사장님 의전에 온 정성을 쏟아야 하기 때문이다.

하지만 이 체육단합대회는 정말로 직원들의 스트레스를 풀어주기 위해 만들어졌다. 그래서 사장님을 비롯한 누구도 신경 쓰지 않아도 된다. 지르고 싶은 만큼 꽥꽥 소리를 질러도 되고, 춤추고 노래를 불러도 된다. 물론 경기의 승패에는 진심이었지만, 그 모든 걸 떠나 재미 만점이었다.

"8시 30분 다 됐어요."

마이가 말했다.

오렌지색 티셔츠에 트레이닝복 바지를 입은 마이는 사무실에서 보던 것과 아주 달라 보였다. 교복을 벗었지만 여전히 단정한 모습이긴 했다. 나는 그의 머리부터 발끝까지 훑어보며 주체할 수 없는 질투심을 느꼈다.

이 남자는 도대체 뭘까? 단지 오렌지색 티셔츠 하나 걸쳤을 뿐인데, 그 티셔츠는 마치 처음부터 마이를 위해 만들어진 옷처럼 딱 들어맞아 그의 넓은 어깨와 탄탄한 가슴의 윤곽을 더 선명하게 드러냈다.

하지만 나는… 그냥 뼈와 살이다.

나는 그의 완벽한 이두박근을 부러운 눈으로 바라보았다. 그를 보니 근육이 좀 갖고 싶어졌지만, 체육관 반대편에 초콜릿 음료 부스를 발견하고는 곧장 생각을 접었다.

난 달콤한 거라면 절대 지나칠 수 없다. 그러니 저런 근육은 다음 생으로 미뤄두기로.

"자리 먼저 잡을까요?"

마이의 제안에 나는 좌우를 살피며 타깃인 으아를 발견하고 몰래 웃었다.

"저쪽에 우리 팀 사람들 앉아 있어. 가자."

나는 마이의 팔을 잡아당겨 IT 팀원들에게로 끌고 갔다. 오늘 내 동료들은 모두 놀랍도록 상쾌해 보였다(당연히 사무실로 출근하지 않았으니까). 마이와 나는 모두에게 인사를 한 다음 앉아 있는 가장 친한 친구 두 명에게 다가갔다. 그리고 오렌지색 티셔츠를 입은 으아와 내 옆에 서 있는 키 큰 남자

사이를 번갈아 보며 즐거워했다.

운명 같은 건 없어. 그런 게 있다면 아마 이 팅커벨 제이드 요정이 부린 요술이겠지.

"아주 주인공 납셨네."

파란색 티셔츠를 입은 킹이 이른 아침부터 무례하게 인사를 건넸다. 그는 소시지빵 한 조각을 들고 있었고, 내가 그의 옆에 앉자 두유 두 개를 건네주었다. 나는 하나는 마이에게 주고 하나는 내가 마셨다.

"길이 엄청 막혔어. 그래도 시간은 맞췄잖아. 근데 도시락은 안 줘?"

"우리 회사가 언제 그런 거 주는 거 봤냐. 그냥 빵이나 먹어. 아니면 네가 직접 사장님한테 건의하든지."

킹은 퉁명스럽게 말하며 빵을 크게 한입 베어 물었다.

나와 마이의 빵을 가지러 가려고 일어섰는데, 그의 손에는 이미 빵이 들려 있었다.

"그건 어디서 났어?"

"으아 선배가 주셨어요."

나는 휴대폰으로 게임을 하고 있는 으아를 바라보았다. 내 시선을 느낀 으아가 고개를 들고 대꾸했다.

"여분으로 더 챙겨 온 거야. 리더가 수량 맞춰놨다고, 같은 팀끼리 먹으래서."

역시! 아논은 친절하다. 별로 다정해 보이지는 않지만, 이렇게 마이에게 빵을 챙겨주기도 하고, 겉보기와 달리 늘 다른 사람을 생각하고 있다. 그런데 이 빌어먹을 킹을 보라! 이 자식은 그냥 저기 앉아서 여자들이랑 시시덕거리고만 있다. 이 개자식은 친구의 안녕에는 전혀 관심이 없다!

"뭘 봐! 어쩌라고."

"나한테도 빵 가져다줄 생각은 안 해봤어?"

"뭐? 그냥 네가 가서 가져오면 되잖아. 좀 걸어, 지방 좀 태우게. 네 볼 좀 봐라."

"꺼져!"

나는 다 마신 두유 통을 냅다 집어 던졌고, 킹은 재빨리 피했다. 그러고 나선 내가 씩씩거리는 모습을 보며 즐겁게 웃었다. 그를 향해 살벌한 눈빛을 쏘아 보내며 빵을 가지러 갔다.

뒤에선 환청처럼 킹의 웃음소리가 멈추질 않았다. 문득 불안해져서 내 몸을 살폈다.

나 좀 뚱뚱한가…?

원래 내 몸무게에서 일이 킬로밖에 안 쪘고, 옷도 여전히 같은 사이즈인데….

볼은 원래 통통한 걸 어떡하라고!

나는 한숨을 폭 쉬며 뺨을 벅벅 문질렀다. 디저트는 좀 줄여야 할 것 같긴 한데, 마이가 계속 이렇게 나를 사육하는 한 성공할 수 있을지 모르겠다. 그가 신경 써서 챙겨주는 것들을 거절한다면 그것도 무례한 일이니까. 어쨌든 이건 다 마이 때문이다!

나는 빵 두 개를 챙겨 돌아왔고, 자리에 앉아 하나를 먹기 시작했다.

"마이, 축하해. 제이드한테서 오늘 하루 해방이네."

킹의 목소리가 또 내 신경을 긁었다.

나는 화가 나서 그를 확 돌아보았다.

"뭐! 나랑 붙어 있는 게 뭐가 그렇게 안 좋은데!"

"글쎄, 넌 바보니까?"

"나 바보 아니야!"

내가 얼마나 똑똑한지 보여줘? 겉보기엔 멍하고 웃겨 보여도 관찰력도 추리력도 얼마나 뛰어난데!

킹이 마이와 으아의 순간을 계속 방해하는 걸 보니 마이가 우리의 친구에게 관심이 있다는 걸 전혀 모르는 게 분명했다.

하지만 난 그걸 바로 꿰뚫어봤지!

내가 너보다 얼마나 똑똑한지 알겠어, 킹? 못되게 굴지 말고 바보라고 그만해!

"선배랑 같은 팀이 아니라서 아쉬워요."

마이의 갈색 눈동자에는 정말로 우울한 기색이 담겨 있었다.

음….

그는 대부분의 시간을 나와 함께 보냈기 때문에 혼자 있는 것이 조금 불안한 듯했다. 특히 좋아하는 사람과 함께 있으면 냉정을 유지하기 훨씬 어려울 테니까.

"괜찮아. 다른 사람들이랑 친해질 기회고, 으아도 있으니까 외롭지 않을 거야."

나는 그의 등을 살살 두드리며 격려해주었다. 그가 으아와 함께하게 되면 나 같은 사람은 금세 완전히 잊어버릴지도 모른다. 지금 당장은 불편해도 아무 감정도 없는 사람보다는 좋아하는 사람과 함께 있는 것이 더 나을 것이다.

그런데 갑자기 가슴에 구멍이 난 것 같은 이 기분은 뭘까.

나는 이런 내 감정을 이해할 수가 없었다. 그래서 그의 어깨를 두드리던 손을 뒤로 뺀 채 얼어붙었다.

"그래, 전혀 외롭지 않을 거야. 으아는 너랑 말하기 시작하면 난 거의 상대도 안 해줄 정도잖아."

킹의 말은 내 기분을 더욱 혼란스럽게 만들었다.

나는 위협적인 눈빛으로 킹을 노려보는 으아를 보았다.

"내가 누구랑 대화할지는 내 마음이지."

"아, 그렇습니까, 아논 씨?"

킹은 정말 골치 아픈 타입이다. 누구도 그에게 눈썹을 저렇게 쓰지 말라고 말한 적이 없는 걸까? 저렇게 비아냥거릴 때마다 꿈틀거리는 눈썹은 정말이지 주먹을 부른다.

그는 아직도 으아를 아주 강렬한 눈빛으로 쳐다보고 있다.

으아의 짜증에 중독이라도 된 거야, 킹?

"그만해, 너희. 으아, 나 대신 마이 좀 잘 챙겨줘."

재빨리 화제를 바꿨고, 으아는 가만히 고개를 끄덕였다.

그때 진행자가 모든 사람들에게 체육관 중앙으로 모이라고 멘트를 날렸다. 나는 자리에서 일어나 먼지를 털어내고, 돌아서서 마이를 향해 주먹을 불끈 쥐어 보였다.

"파이팅!"

마이는 나를 향해 투지라곤 조금도 없어 보이는 부드러운 미소를 지었다.

나는 여자들에게 달콤한 눈빛을 보내고 있는 킹을 끌고 블루팀에 합류했다. 다시 뒤돌아보자, 마이가 버려진 강아지처럼 여전히 나를 보고 있었다.

조금 죄책감이 들기도 했지만, 잠시 후 으아와 나란히 서서 이야기를 나누고 웃는 모습을 보니 기분이 나아졌다.

두 사람을 같은 팀에 배치한 것은 탁월한 결정이었다. 마침내 그들의 관계가 어느 정도 진전을 이룰 것 같았다.

* * *

오전 세션은 부사장의 인사말을 빙자한 연설로 시작되었

다. 그는 메달 외에 행운권 추첨도 있다고 말했다. 그런데 알고 보니 행운권 추첨 선물이 전년도보다 턱없이 적었고, 심지어 금목걸이도 더 작았다. 태국 경제가 이렇게나 안 좋다고? 계속 말했듯이, 이건 회사 잘못이 아니라 정부… 흠흠!

연설이 끝나고, 모두가 각자의 팀을 응원하기 위해 관중석으로 올라갔다. 나는 오전에는 응원을, 오후에는 킹과 함께 이인삼각 빨리 먹기 챌린지에 참여할 예정이었다.

그래서 오전 세션에 나는 한 손에는 메가폰을, 다른 한 손에는 탬버린을 들고 관중 앞에 서서 노래를 부르며 참가자들을 응원했다. 몇몇 여자 선배들도 움직이기 시작했는데, 그들은 게임을 하는 것보다 더 열심히 춤을 추고, 심지어 진심으로 댄스 경쟁을 벌이기까지 했다. 블루팀의 관중석이 오렌지팀보다 훨씬 더 활력이 넘치는 것은 분명했다.

우리랑 싸우고 싶어, 오렌지팀? 따라잡으려면 10년은 더 크고 와!

엄청난 힘을 필요로 하는 게임이 오전 일찍부터 시작되었다. 우리가 먹은 아침은 고작 빵이었는데 말이다. 시작 게임은 줄다리기였는데, 버팔로같이 커다란 킹 같은 남자들이 참여했다. 나도 참여하고 싶어서 바스 선배에게 다갔는데 그는 나를 머리부터 발끝까지 훑더니 고개를 저었다.

"그냥 응원하러 가, 제이드. 이번 게임엔 안 돼."

"왜요?"

"다른 팀을 봐. 되겠어?"

그렇게 말해놓곤 바스 선배는 나를 덩그러니 남겨둔 채 경기장으로 들어갔다.

나는 어처구니가 없어 한숨이 절로 나왔다.

날 무시하다니, 내가 근육은 없지만 힘은 세다고!

아…. 그런데 오렌지팀 멤버들의 몸집이 엄청나게 크다.

좋아, 그럼 킹이 알아서 하겠지. 그냥 응원이나 하러 가야겠다.

나는 다시 관중석 스탠드로 돌아가 게임을 관전했다.

"와우! 두 팀 모두 엄청난 선수들만 내보냈어요! 이거 완전 IT부서 가족 싸움인데요! 우리 소녀들 지금 기분이 어떻습니까?"

비명 소리가 체육관 전체를 뒤흔들었다. 나는 손으로 귀를 틀어막았다. 아나운서를 자청한 건의 뺨을 때려주고 싶었다. 무슨 큰일이라도 난 줄 알겠지만, 마이와 킹이 줄다리기 선두에 있는 것뿐이었다.

도대체 왜들 이 난리야? 귀머거리가 되겠다고!

실은 나도 그들이 체육관 한가운데 밧줄을 잡고 서 있는 걸 홀린 듯이 바라보았다. 모델대회도 아닌 겨우 회사 체육대회에서 왜 이렇게 다들 섹시해 보이는 거람.

그들은 편안하게 그냥 서 있을 뿐이었지만 그 잘생긴 얼굴이 문제였다.

호루라기 소리가 울리고, 동시에 사람들은 목숨을 걸기라도 한 듯 소리치며 응원했다. 매일 일을 하면서 쌓인 스트레스를 이렇게 소리를 고래고래 지르며 푸는 건 좋긴 하다.

나는 양측이 모든 힘을 쏟아부어 밧줄을 당기는 걸 지켜보았다. 처음에는 오렌지팀이 승기를 잡는 듯했지만 이후 블루팀이 역전했고, 결국 블루팀이 이겼다.

승자로서 아주 만족스러운 미소를 지으며 킹은 땀을 닦고 있는 마이에게 다가가 등을 툭툭 두드렸다. 내 인턴은 그저 여유롭게 웃어주었다. 그리고 나는 방금 게임에서 내가 오렌지팀을 보고 있었다는 걸 깨달았다. 아니, 나는 마이만 보고 있었다. 우리 팀을 응원하는 건 완전히 잊고 있었다.

이건… 아마 마이와 너무 많은 시간을 보냈기 때문일 것이다. 내가 돌보고 있는 인턴이니까…. 그래서 무의식적으로 그 아이를 응원하는 학부모 역할을 한 것이다.

이봐, 제이드. 마이는 모든 면에서 훌륭한 사람이고 존경스럽지만, 오늘만큼은 라이벌이라고!

근데 넌 왜 그를 응원하고 있냐 말이야, 정신 차려!

나는 고개를 흔들어 정신을 가다듬고는 블루팀 관중석에서 그들을 내려다보았다. 마침 블루팀 관중석을 올려다보고 있던 마이와 눈이 마주쳤고, 그가 환하게 웃어 보였다.

또 비명 소리가 울렸다.

내 뒤의 있던 여자들이 소리를 질러댔다.

나는 재빨리 귀를 막고 몸을 움츠렸고, 손을 흔들어 마이에게 얼른 오렌지팀으로 돌아가라는 신호를 보냈다. 그리고 가슴을 부여잡고 심호흡했다. 가슴이 몹시 쿵쾅쿵쾅거렸다.

그는 조금 미소 짓는 것만으로 이 모든 소녀들이 정신을 잃고 소리를 지르게 만들었다.

마이, 이쪽으로 오지 말아 줄래?

심장 멎을 뻔했어.

…물론 비명 소리 때문이야.

경기는 계속되었고, 줄다리기가 끝난 뒤에 자전거 게임, 눈 가리고 양동이 치기, 체어볼로 이어졌다. 블루팀과 오렌지팀은 각각 2점씩을 획득했다.

자랑하려는 건 아니지만, 자전거 게임에서 블루팀을 승리로 이끈 건 바로 나였다. 나는 너무 집중해서 내가 어떻게 보이는지는 전혀 신경 쓰지 않고 게임에 진심을 다했다. 그런데 마침내 승리를 거머쥐고 정신을 차렸을 땐 옆에서 웃고 있는 마이를 보고 부끄러워졌다.

내 이미지는 지금도 충분히 좋지 않은데…. 이 꼬마에게는 이제 나에 대한 일말의 존경심도 남아 있지 않을 것 같았다.

젠장!

그 후 점심시간에는 킹과 함께 블루팀 관중석에 앉아 회사가 제공한 도시락을 먹었다.

킹은 에너지를 많이 소모했는지 순식간에 절반을 먹어 치웠다. 나는 달걀프라이 모양이 망가지지 않도록 조심스럽게 옆으로 빼두고는 나머지 반찬들과 밥을 먼저 먹었다.

내가 이상한 건지는 모르겠지만, 나는 항상 식사의 마무리로 가장 좋아하는 반찬을 남겨두곤 했다.

"이 도시락 맛있네."

그때 킹이 눈앞에서 내 달걀프라이를 훔쳐 갔다. 깜짝 놀라서 소리를 지르려고 했지만….

"너 프라이 안 먹어? 내가 먹어줄게."

그는 이미 내 달걀프라이를 입안에 넣고 우걱우걱 씹고 있었다. 나는 플라스틱 숟가락을 꼭 쥐고 도시락을 뒤집어엎지 않으려고 몸을 웅크린 채 부들거렸다.

"야! 마지막으로 먹으려고 아껴둔 거라고! 왜 훔쳐 가!"

"아, 난 몰랐지. 안 먹고 있길래 싫어하는 줄 알았어. 도와주려고 그런 건데."

그는 아무런 죄책감도 없이 얄밉게 웃어 보이며 내 소중한 달걀프라이를 계속해서 씹어댔다. 나는 극도의 분노에 휩싸여 손을 떨었다.

이 개자식!

내 달걀은!

네 배 속에 들어간 내 달걀프라이! 살려내!

음식 때문에 친구와 연을 끊은 사람도 있을까? 아무도 없다면 내가 그 첫 번째가 될 것이 분명했다. 나는 깊게 숨을 들이마시고 내쉬며 마음이 안정되기를 속으로 기도하고 또 기도했다.

좋아. 모르는 게 죄는 아니지.

근데… 킹은 내가 달걀프라이를 좋아한다는 걸 알 만큼 오랫동안 친구로 지냈잖아!

퍽!

"아! 제이드!"

내가 거침없이 그의 뒤통수를 내려치자 달걀 도둑이 소리쳤다. 이번엔 내가 웃었다. 덕분에 화가 조금 진정됐다.

네 죄를 네놈이 알렸다!

아, 이제야 기분이 좀 나아지네.

나는 투덜거리는 킹에게서 시선을 거두고 오렌지팀의 관중석으로 눈길을 돌렸다. 난 시력이 좋은 데다가 체육관이 그리 크지도 않아서 동료들의 얼굴이 죄다 또렷하게 보였다.

으아가 마이와 함께 점심을 먹으며 즐겁게 담소를 나누고 있었다. 마이는 행복한 표정으로 말하고 있었고, 으아의 얼굴에도 부드러운 작은 미소가 떠올라 있었다.

평소 으아는 조용히 밥만 먹는 편인데 마이랑 내내 말을 하고 있다. 하지만 첫날 마이가 나를 집에 데려다줬을 때를 생각하면 놀라운 일도 아니다. 그는 으아에게서도 쉽게 대화를 이끌어냈을 것이다.

나는 그들을 지켜보면서 남은 점심을 마저 먹었다. 그때 사레가 들렸는지, 아니면 음식이 매웠는지는 모르겠지만 으아가 눈물을 글썽이자 마이가 그에게 물병을 주며 걱정스럽게 바라보았다.

그 순간 나는 내 도시락으로 눈을 돌렸다. 갑자기 킹이 내음식을 훔쳐 갔다는 것이 아무렇지 않게 느껴졌다. 식욕은 사라졌고, 몸에서 힘이 쭉 빠졌다.

더 이상 먹고 싶지가 않다….

* * *

점심 식사를 즐긴 후 오후 세션이 시작되었다.

금방 식사를 마친 뒤라 포만감을 달랠 림보로 가볍게 몸을 풀었다. 워밍업을 하고서 우리는 의자 빼앗기 게임을 시작했다.

처음엔 상황을 보니 쉽게 이길 것 같았다. 대부분의 플레이어가 여자였기 때문이다. 하지만 불행하게도 나는 내가 앉으려던 의자에 엉덩이를 들이민 여자에게 한 방에 튕겨 나가

엉덩방아를 찧었고, 단 3라운드 만에 게임에서 쫓겨났다.

이후 4라운드 경기를 지켜보면서 음악이 멈추면 자리를 차지하기 위해 싸우는 여자들을 보며 씁쓸하게 엉덩방아를 찧은 부위를 문질렀다.

이전까지는 제법 여성스럽고 예뻤던 것 같은데 지금은 엉망이 되어버린 여자들을 보면서 새삼 그들이 얼마나 강인한지 깨달았다. 심지어 남자들보다 더 무서웠다.

앞으로 사무실에 있는 여자들과 절대 싸우지 말아야지.

"자, 여러분. 다음 게임은 이인삼각 빨리 먹기 챌린지입니다. 각 팀의 선수들은 중앙으로 나와주세요!"

드디어 내가 기다리고 기다리던 게임의 순서가 왔다.

나는 몸을 쭉 늘리며 블루팀에 또 한 번 승리를 안겨줄 때가 왔다는 듯 의기양양하게 체육관 중앙으로 걸어갔다. 그리고 같이 게임을 할 킹은… 또 옆에 있는 여자들과 시시덕거리고 있었다. 나는 재빨리 달려가 그를 끌고 왔다.

이번 게임은 2선승제로 진행되었는데, 킹과 나는 첫 번째 라운드에 출전했다.

심판인 바스 선배에게 끈을 받아 우리 둘의 다리를 한쪽씩 모아 하나로 묶었다. 그때 킹이 누군가를 향해 말했다.

"아, 너희 둘이 나오는 거야?"

"네, 저희는 두 번째 라운드예요."

고개를 들어보니 마이와 으아가 나란히 서 있었다.

도대체 누가 으아를 이런 게임에 끌어들인 걸까. 이건 있을 수 없는 일이다!

"선배들이 꼭 나가야 한다고 해서."

으아는 이번에도 내 생각을 꿰뚫어본 것 같았다.

나는 고개를 끄덕이고는 눈을 가늘게 뜨고 경고했다.

"블루팀을 쉽게 이길 수는 없을 거야."

"그럴 것 같아요."

마이가 웃었다.

"파이팅 해요, 선배들."

"분명 우리가 이길걸! 제이드는 돼지처럼 먹으니까."

내 멍청한 친구가 안 해도 될 말을 보탰고, 나는 감정을 실어 주먹으로 힘껏 그의 팔을 때렸다.

마이는 경기장 옆쪽 대기 공간으로 걸어가면서 나와 킹을 향해 미소를 보냈다.

우리는 어깨동무를 한 채 신호를 기다렸고, 곧 휘슬이 울렸다.

킹과 나는 곧장 빠르게 앞으로 튀어나갔다. 우리는 각 레벨에서 빵, 계란, 물을 서로 빨리 먹도록 도왔고 접시에 있는 동전을 찾기 위해 가루를 날려야 하는 마지막 레벨에 가장 빨리 도달했다. 그리고 마침내 동전을 찾아낸 다음 다시 출발점으로 달려가 승리를 거머쥐었다.

봐. 킹이 말한 대로 먹는 게 내 특기라고!

나는 킹의 다리와 묶었던 끈을 풀고 필드 밖으로 나와서 다음 라운드를 기다렸다.

다음 차례인 으아와 마이의 모습은 SNS에서나 보던 정말 멋지고 잘 어울리는 커플 같았다.

다른 말은 더 이상 필요가 없다.

그들은… 서로에게 완벽해 보였다.

"킹, 저기 봐. 완전 잘 어울리지?"

"뭐가?"

"마이는 정말 멋지고 잘 생겼잖아. 으아랑 잘 어울려."

"그래? 내 생각엔 저 애보다 내가 더 잘생겼는데."

나는 그를 향해 삐죽거렸다.

하여튼… 나르시시스트.

글쎄, 킹이 잘생겼다는 것을 부정할 수는 없다. 하지만, 미안하게도 마이도 잘생겼다.

"둘이 사귀게 되면 어떨까…"

나는 혼잣말로 중얼거리며 어깨동무를 한 두 사람을 바라보았다.

그때 킹이 내 어깨를 감싸 안았다.

"제이드."

"어?"

"다른 사람 걱정은 그만하고, 네 남편이나 찾아. 너 이제 거의 서른이다?"

그는 내 머리가 완전히 엉망이 될 때까지 이리저리 세게 부비고 떠났다. 나는 자리에 남아 궁시렁거리며 흐트러진 머리를 정리했다.

나도 내가 점점 나이 들어가고 있다는 걸 안다고!

그리고 난 남편이 아니고 아내를 찾고 있거든!

아, 사실 나는 파트너의 성별에 대해 그다지 심각하게 생각하지는 않는다. 그러니 남자친구가 생길 수도 있겠다.

2라운드 시작을 알리는 휘슬이 울렸고, 팔짱을 낀 채 나는 이 분야 전문가의 눈길로 2라운드 경기를 지켜보았다. 마이와 으아는 완벽하게 협력해 순식간에 마지막 단계까지 도달했다.

"우와!"

으아의 몸놀림을 보고 탄성을 지르는 순간이었다. 으아가 균형을 잃고 넘어지려고 하자 마이가 타이밍 좋게 그의 허리를 잡아 지탱해주었다. 다행히 계속 게임을 이어나갈 수 있었다.

"아, 눈물 나. 마이가 으아 허리 잡아주는 거 봤어? 내 얼굴이 화끈거려!"

여자들이 꺅꺅거리며 떠드는 소리가 들려왔다.

나는 다음 라운드를 거쳐 이 게임의 승자가 오렌지팀이라고 발표할 때까지도 가만히 그곳에 서 있었다. 조금 후 나는 혼란스러운 기분으로 고개를 흔들었다. 내내 그쪽을 쳐다보고 있긴 했지만, 너무 멍해서 그들이 정확히 언제 이겼고, 결과가 언제 확실해졌는지 알지 못했다.

마이는 다리를 묶고 있던 끈을 제거하고 오렌지팀의 관중석으로 걸어갔다. 그들의 미소가 어쩐지 내 마음을 공허하게 했다.

그 뒤로도 게임이 계속되었지만 이상하게 더 이상 응원에 집중할 수가 없었다. 나는 마이와 으아만 계속 쳐다보고 있었고, 그들은 마지막까지 웃으며 함께 팀을 응원했다. 또한 전혀 모르고 있었는데 블루팀이 더 많은 점수를 얻어 최종 우승을 했고, 사장님께 500바트의 상금을 받게 되었다. 이달 말 월급에 포함되어 지급된다고 했다.

작년에는 우승해서 정말 기뻤는데, 올해는 예전 같지가 않았다.

나는 물이 조금 남아 있는 병을 집어 단숨에 마셔버린 다음 긴 숨을 내쉬었다.

나 왜 작년만큼 행복하지가 않지?

12

카우침에게 물어봐

체육대회가 끝나고 나서 오늘은 마이와 함께 가지 않겠다고 결심했다.

그래서 나는 갑자기 가야 할 곳이 생겼다고 둘러댔다. 마이는 나를 거기까지 데려다주겠다고 했지만 끝내 거절하고 재빨리 택시를 타고 콘도로 돌아왔다.

콘도에 도착하자마자 지친 몸을 이끌고 겨우 방으로 들어왔다. 그리고 돌덩이처럼 무거운 다리를 질질 끌고 침실로 향했다. 샤워할 생각도 하지 않고 곧장 시트 위로 몸을 던졌다. 사실 난 위생엔 민감한 편이라서 평소에는 퇴근하고 돌아오면 항상 샤워부터 했다. 하지만 지금은 그럴 기분이 아니었다.

실수했다.

난 실수로 스스로를 망가뜨렸다.

내 시선은 멍하니 천장에 고정되어 있었다. 흰 바탕의 천장 위로 으아와 마이가 즐겁게 이야기를 나누던 모습이 떠올랐다. 마치 플래시백처럼 그들의 행복한 장면들이 끊임없이 스쳐 지나갔다. 내가 바라던 일이 드디어 이루어진 건데, 그럼 행복해야 하는데, 지금 내 기분은….

이렇게 못나게 구는 나 자신이 몹시 실망스러웠다.

* * *

비록 진지한 연애를 해본 적은 없지만, 스물일곱 나이에 자신의 마음이 어떤지 알지 못할 정도로 사랑이란 감정에 순진하지는 않다. 그리고 그 두 사람이 행복하게 함께 있던 모습을 보고 이렇게 기분이 좋지 않은 걸 보면, 더 분명히 알 수 있다.

내가 마이와 너무 많은 시간을 보내서….

내가 마이와 너무 많은 것을 함께 하는 바람에….

그래서, 그래서 우연히 그에게 빠져버렸다.

나는 참담한 심정을 느끼며 얼굴을 감싸 쥐었다.

나는 사람이다. 아무 감정도 없는 물건이 아니다. 내게 친밀하게 다가온 사람에게 좋은 감정을 느끼는 건 당연하다. 하지만 지금까지 그들은 내가 아니라 내 친구들에게 다가가고 싶어 친절을 베풀었던 것뿐이라는 사실을 이미 질릴 정도로 겪어 알고 있다. 내가 아무리 이번만큼은 아니길 바라도 예상을 빗나간 적은 없다.

그렇게 오랜 시간 동안 숱하게 반복된 상황을 겪은 후에야 교훈을 얻었고, 그때부터는 있는 그대로 받아들였다.

나는 지친 한숨을 길게 내쉬었다. 마이의 얼굴이 자꾸만 떠올라서 내 얼굴을 한 대 때리고 싶다.

봐. 너무 오랫동안 혼자 있으면 이게 단점이다. 누가 조금만 잘해줘도 쉽게 감정적인 상태에 빠져드는 것이다.

하지만 누가 안 그러겠냐고. 나도 사람이고, 감정이란 게 있다고!

이건 나 혼자만의 잘못이 아니다. 마이에게도 분명 책임이 있다.

그의 웃는 얼굴을 떠올리면 씁쓸해져서 입술을 꽉 다물 수밖에 없다. 킹 같은 대놓고 선수인 자식보다 마이가 더 나쁜 놈 같았다. 적어도 킹은 수가 빤하게 보이는 병신일 뿐이니까. 마이는 흠잡을 데가 거의 없는 완벽한 인간이어서 주변 사람들을 쉽게 끌어당긴다. 그를 좋아하는 사람이 얼마나 많은지, 그가 자신도 모르게 마음을 아프게 한 사람이 얼마나 많은지 당사자는 모를 것이다.

"오빠."

그렇게 속앓이를 했을 사람들을 생각하니 마음이 너무 좋지 않다. 이런 식으로 마음을 아프게 하는 일은… 정말 최악이다. 그는 나를 너무나 잘 챙겨주었지만, 어쩌면 그건 다른 사람들에게도 마찬가지였을 것이다.

"오빠?"

하지만 지금 이 순간은 나 자신에게 가장 미안했다. 나는 마이가 으아를 좋아한다는 것을 확실히 알고 있었다. 그런데도 그에게 빠져버렸으니.

그에게 반하면 안 되는 거였는데….

내가 암만 이렇게 생겨먹었어도, 최소한의 상식은 있다. 이건 처음부터 이러면 안 되는 거였다.

"오빠!"

"어? 어!"

옆에 서서 뾰로퉁해 있는 예쁜 소녀가 자꾸 다그치는 소리에 움찔했다. 그녀는 콘택트렌즈를 낀 연한 갈색 눈으로 나에게 바짝 다가와 쳐다보고 있었다.

"공물 올릴 거 옮기게 도와달라고 했는데, 못 들었어?"

나의 예쁜 여동생 젠이 불평을 늘어놓았다. 나는 이제야 오늘 내가 그녀와 함께 사원에 끌려왔다는 사실을 떠올렸다.

지난 몇 달 동안 사원을 방문하지 않았지만 이번만큼은 서

습없이 따라나섰는데, 이게 내 마음을 진정시키는 데 도움이
될 것 같았기 때문이다.

나는 또 지쳐서 한숨을 푹 쉬었다. 그만 복잡한 생각을 멈
추고 젠이 트렁크에서 물건을 옮기는 걸 도왔다. 한 손에는
공물이 담긴 봉지를 들고 다른 한 손에는 양초를 든 채 여동
생을 따라 사원 안으로 들어갔다.

젠은 올해만큼은 아주 종교적으로 신실한 삶을 살고 있다.
그녀는 20대 중반인데, 태국 사람들은 이 나이가 불운한 나이
라고 믿는다. 그래서 불운을 쫓아내기 위해 공덕을 쌓으려고
최선을 다하고 있는 것이다. 그녀는 유명한 사찰과 신사라면
모두 찾아다녔는데, 아마 늘 종교적인 삶을 사는 데 진심인
엄마를 보고 배워서 그런 것 같았다.

우리 가족은 중국계 태국 가정인데, 엄마는 태국 사원과
중국 사원 심지어 인도 사원까지 가리지 않고 모두 다니곤 했
다. 나는 그런 엄마의 오픈 마인드를 존중했다.

우리 세 남매는 어렸을 때부터 공덕을 쌓기 위해 항상 엄
마에게 끌려다녔기 때문에 젠이 그것을 똑같이 따라 하는 건
그다지 놀랍지 않았다.

젠과 나는 기도를 시작했고, 그다음 스님에게 공물을 올렸
다. 그 후 나무 옆에 식수를 붓고, 스님의 축복을 받으며 의식
을 마무리했다.

의식을 마친 후 어쩌면 스님이 나에게서 불운을 발견했을지도 모른다고 생각했다. 스님이 내게 뿌린 성수의 양이 너무 많아 사원이 아닌 송크란*에 다녀온 것 같았기 때문이다.

내게 티슈를 건네준 젠의 얼굴을 흘깃 보니 나를 안쓰러워하면서도 동시에 묘하게 즐거워하고 있는 것 같았다. 나는 그저 마른 웃음을 지어 보였다. 스님은 고맙게도 나에게 그 성수를 모두 주기까지 했다.

기도까지 마치고 사원 근처에 있는 강가에서 물고기에게 먹이를 주기 위해 빵을 샀다. 그리고 먹이를 주기 전까지 SNS에 올릴 그녀의 사진을 백만 장쯤 찍어주었다.

자랑하려는 건 아니지만, 내 여동생은 정말 귀엽게 생겼다. 하얗고 매끈한 피부에 작은 코와 핑크빛 입술이 매력적이다. 아주 많은 남자들이 그녀랑 한번 사귀어보려고 열심히 쫓아다녔으며, 그녀의 인스타그램 팔로워는 이미 10만 명이 넘는다.

내 형인 젯도 잘생겼다. 심지어 엄마도 옛날에 미인대회 퀸을 차지했었다. 하지만 나만 아빠의 외모를 물려받았기 때문에 우리 남매 중 가장 눈에 띄지 않게 생겼다.

---

* 태국에서 매년 4월 열리는 새해맞이 축제. 축복을 기원하는 의미로 서로에게 물을 뿌리는 행사가 열린다.

하지만 별로 나쁘게 생각하지는 않는다. 내 외모가 아주 떨어지는 건 아니니까. 마이처럼 특별하지 않을 뿐이지.

또다시 그에 대한 생각이 떠오르자 나는 빵을 구겨 쥐었다.

젠장, 나 또 마이 생각을 하는 거야?

"무슨 일 있어? 오빠 상태가 좀… 그래."

나는 빵 조각을 물에 던지고 물고기들이 한꺼번에 달려들어 먹는 걸 지켜보면서 짧게 대답했다.

"아무 일도 없어."

"아무 일도 없기는. 명왕성에서도 오빠가 거짓말하고 있다는 거 알겠다."

나는 불편한 감정을 숨기기 위해 고개를 떨구었다.

젠장, 그렇게 티 나?

"무슨 일이야? 요새 일이 너무 힘들어? 아니면 뭔가… 마음속에 있는 누구 때문이야?"

"아니야…."

"누가 오빠 좋대? 아니면 오빠가 누굴 좋아해?"

나는 궁지에 몰린 듯한 기분에 눈만 깜빡였다.

여자의 촉은 정확하다. 정말 끔찍할 정도로 정곡을 찌른다.

"말도 안 되는 소리! 일이 힘들어서 그래, 스트레스가 많아서. 그게 다야."

나는 마지막 빵 조각을 물에 던져 넣었다.

"음… 그래? 난 오빠가 실연이라도 당했나 했지."

"…."

동생아, 너 혹시 나 스토킹이라도 했니?

"오빠, 치치스틱을 써보자."

"뭐?"

"카우침 점괘 알지? 치치스틱이 가득 담긴 원통을 흔들어서 튀어나오는 게 내 운세인 거."

그녀는 사람들로 붐비는 예배당 입구를 향해 고개를 획 돌렸다.

"됐어, 너나 해. 난 차에서 기다릴게."

"아, 오빠! 얼른. 내가 여기까지 데려왔으니까 끝까지 같이 가야지. 카우침 점괘는 틀림없어. 나도 전에 해본 적 있어서 알아."

"싫어."

"해!"

마치 벽과 대화를 나누는 것 같다. 하지만 결국 예배당으로 끌려 들어갔다.

나는 사찰의 불상 앞에 무릎을 꿇고 앉았다. 이어서 거룩하게 기도를 하고 돌아서서 치치스틱 통을 들고 있는 여동생을 보았다. 그녀는 통을 흔들기 전에 무어라 무어라 중얼거렸다.

"여기."

젠이 통을 흔들어 자신의 운세를 뽑은 뒤 내게 건넸다.

"나 진짜 하고 싶지 않…."

"한 번만. 제발!"

젠은 나에게 계속 카우침 점괘를 권했고, 나는 마지못해 점괘가 든 통을 받아 들었다.

난 뭐 바라는 게 있는 것도 아닌데, 꼭 이런 걸 해야 해?

모르겠다. 일단 흔들어나 보자.

"번호 몇 번이야?"

젠은 몸을 굽혀서 진지하게 내 점괘를 바라봤다.

"5."

"보드에서 운세를 확인해보자."

젠은 나를 끌고 예배당 옆에 있는 운세판으로 가까이 갔다. 요즘은 예전처럼 인쇄된 점괘 종이를 주지 않았는데, 종이를 낭비할 필요가 없으니 그건 더 좋은 것 같다.

"내 건… 지금 내가 별로 잘하고 있지 않대. 공덕을 더 쌓아야 할 것 같아."

젠은 정말 좌절감에 빠진 것처럼 중얼거렸다. 그러고는 보드를 보고 있는 나에게 다가왔다.

"오빠는?"

"글쎄, 어…."

나는 5번 점괘를 읽었다.

'일은 잘 풀리고 있습니다. 윗사람들이 많은 기회를 줄 것입니다. 재물운도 괜찮습니다. 건강은 문제가 없습니다. 연애운은….'

"당신의 연인은 가까이 있습니다. 곧 그가 당신의 마음을 충만하게 할 것입니다…. 오빠, 봐! 연인이 가까이에 있다잖아!"

젠은 신이 나서 내 팔뚝을 찰싹찰싹 때렸다.

난 도대체 무슨 말인지 이해하지 못하고 가만히 서 있기만 했다.

가까이에…. 지금 나에게서 멀지 않은 곳에?

나와 가까운 사람들은 옛날부터 함께 지내온 똑같은 얼굴들이다. 오랜 친구가 아니라면… 남은 건 인턴뿐이다.

그의 얼굴을 생각하기만 해도 조금 떨린다.

하지만 이내 절망적인 기분이 들어 고개를 저었다.

너무 막연하잖아. 믿을 수 없어. 일이나 재물운 같은 건 믿고 싶지만 사랑은….

곧 그가 내 마음을 충만하게 한다고? 미친 소리.

내가 볼 때 그 사람은 내 사람이 아니다.

* * *

하루 종일 여동생에게 끌려다닌 후, 젠과 나는 논타부리에 있는 집으로 차를 몰고 돌아왔다.

우리 세 남매 중 아직 부모님 집에서 살고 있는 사람은 젠 뿐이다. 그녀의 회사가 부모님 집 근처에 있기 때문이다. 내 사무실은 방콕 한복판에 있어서 매일 방콕과 논타부리를 오가는 것은 거의 불가능했고, 그래서 내 형인 젯이 자신의 콘도에서 살게 해주었다. 대신 쉬는 날에는 나도 부모님을 만나러 집으로 돌아왔다. 오늘이 그런 날이었다.

"젯 오빠!"

젠은 소파에 앉아 있는 형의 어깨를 팔로 감싸 안으며 다섯 살짜리 꼬마처럼 매달렸다.

동생아, 넌 다섯 살이 아니라 스물다섯 살이란다.

"넌 다 커서도 어린애처럼 형한테 매달려? 차엠 앞에서 부끄럽지도 않아? 안녕, 형."

"내가 뭘? 오빠한테 애정 표현을 하는 것뿐인데."

나는 쯧쯧, 혀를 차며 고개를 저었다. 나한테 누가 고양이처럼 매달려 있는 모습을 상상하면 소름이 돋았다. 나는 애교가 많은 사람도, 애정을 갈구하는 사람도 아니다. 어렸을 때야 쉽게 엄마 아빠에게 뽀뽀도 하고 그랬지만, 지금도 그러는 건 너무 부끄러운 행태다. 게다가 내가 그러기라도 하면 부모님은 당장 나를 사원에 데려갈 게 분명하다. 그런 건 젠이나할 수 있는 거다.

"싸우지 마. 내 딸이 너희들을 다 지켜보고 있으니까."

형이 푸근하게 웃으며 말했다.

형은 서른 살이 다 되어 가지만 여전히 대학생처럼 잘생기고 젊어 보였다. 아니, 나이가 들수록 더 멋있어졌다. 외모 덕분에 그의 뷰티 클리닉에 손님이 더 많은 것 같기도 했다. 하지만 형에게 호감을 느끼고 찾아오는 여자들에게는 미리 사과부터 해야 한다. 그는 결혼했고 심지어 딸도 있으니까.

"아빠랑 엄마는?"

젠이 물었다.

"주방에서 요리하셔."

형이 대답했다.

"메이 형수는 안 왔어?"

나는 두 살 된 조카를 안고 형수에 대해 물으며 소파에 앉았다.

"오늘 동창회 간대. 옷 차려입고 헤어랑 메이크업하는데 혼자 천천히 준비하라고 차엠만 데리고 왔어."

오, 이런 배려를! 그의 대답이 너무 인상적이어서 나는 형에게 엄지손가락을 치켜세웠다. 내 형은 모든 여성에게 꿈의 남편일 것이다. 나는 젠이 우리 형 같은 사람과 결혼하기를 부처님께 기도했다.

그리고 나는….

제이드, 넌 먼저 애인부터 만들어라. 결혼은 더 손이 닿지 않는 한참 먼 곳에 있으니.

"제이드, 젠, 벌써 왔어?"

"다녀왔어요, 아빠."

나는 두 손을 모아 인사했다. 지난 몇 달 동안 그를 보지 못했는데, 살이 조금 빠진 것 같았다. 아빠가 의사의 조언에 따라 식단을 관리하고 있다고 해서 마음이 조금 놓였다.

"가서 식탁 좀 차리렴. 너희 엄마가 요리를 많이 하셨어. 내가 그만하라고 말렸는데 전혀 듣지 않더라고."

나는 아빠가 일러바치듯이 속삭여서 큭큭 웃었다. 아빠는 엄마 앞에서는 거의 큰소리를 내지 못한다. 그러기엔 용기가 턱없이 부족하다, 하하.

"아빠, 뭐라고 하셨어요? 저 들었어요!"

젠이 장난기 가득한 얼굴로 말했다.

"쉿!"

아빠는 부엌으로 돌아가기 전에 여동생의 입에 손가락을 착 붙이며 안 돼, 하는 눈빛을 쏘아 보냈다. 나는 조카를 품에 안고 일어나 식탁에 음식을 차리는 것을 도왔다.

점심 식사 시간 내내 식탁엔 웃음소리가 만발했고 온갖 이야기들로 가득 찼다. 우리 가족은 꽤 오랜만에 모였기 때문에 할 얘기가 그 어느 때보다 많았다. 서로의 근황을 들어주고 응원해주었다. 부모님은 이렇게 우리가 다 모인 게 너무 기쁜 모양이었다.

은퇴한 부모에게 가장 좋은 순간은, 어느덧 장성한 자녀가 스스로 자신의 길을 선택해 사회에 나가 잘 살아가는 모습을 지켜보는 때일 것이다. 그런 의미에서 우리 부모님의 집이 논타부리에 있다는 건 행운이었다. 자주 방문하기에 멀지 않으니까 말이다. 부모님과 너무 멀리 떨어져 사는 사람들은 이렇게 모이는 게 정말 힘든 일일 것이다.

"제이드."

내가 두 번째 그릇을 채우는 동안 형이 나를 불렀다.

"어?"

"요즘 어때? 만나는 사람은 있어?"

나는 한숨을 쉬며 고개를 흔들었다.

"아니."

"언제쯤 만날 거야? 아빠와 엄마는 네 걱정만 해."

엄마가 내 그릇에 음식을 더 놓아주며 말했다.

"네 형은 결혼했고, 여동생은 따라다니는 남자가 많잖아. 엄마 아빠는 네가 늙어서 외롭게 혼자 있는 걸 원치 않아. 엄마가 소개 좀 해줄까?"

"아뇨! 싫어요, 엄마!"

나는 얼른 고개를 저었다.

엄마 눈에는 내가 그렇게나 절망적인 상황으로 보이는 거예요?

저 아직 서른도 안 됐어요, 진정하세요!

"그럼 어떻게 상대를 만나려고?"

"때가 되면 만나겠죠."

나는 얼버무리며 대답했다.

그 적절한 '때'가 1년이 될지, 2년이 될지, 10년이 될지는 모르겠지만…. 그렇게 말하면 엄마가 더 걱정하실 것 같으니까.

"엄마, 제이드 오빠 너무 걱정하지 마세요. 오늘 오빠 데리고 치치스틱을 흔들었는데, 오빠가 곧 소울메이트를 찾을 거라고 나왔어요."

엄마가 얼마나 걱정을 하는지 눈치를 챈 젠이 재빨리 말했다.

"정말? 좋은 소식이네. 소울메이트를 만나게 되면 꼭 집으로 데려와. 엄마 아빠한테 소개해주는 거 잊으면 안 돼."

엄마는 다시 편안해 보였다. 그제야 나를 조여대던 압박을 풀고 형에게 관심을 돌렸다. 나는 그저 눈만 깜박였고, 조금 무기력한 기분을 느꼈다.

엄만 내 말은 듣지 않지만 젠의 카우침 이야기는 바로 믿는다. 내 신뢰도가 그 '막대기'보다 낮은 거야?

점심 식사를 다 하고 엄마의 설거지를 도와준 뒤, 침실로 올라와 침대에 누웠다. 나는 이제 여기에 살지 않지만, 초등학생 시절 벽에 붙여놓은 만화 포스터들이 이곳을 여전히 내 집처럼 느끼게 해주었다.

물론 대부분은 명탐정 코난이다. 엄마가 준 점심값을 몽땅 만화책과 굿즈를 사는 데 썼다가 엄마한테 혼났던 기억이 떠올랐다. 그때 사서 모았던 물건은 모두 캐비닛에 쌓여 있다.

그것들을 열심히 사 모으기는 했지만 자랑할 것도 아니었고, 그렇다고 먼지가 쌓이도록 두는 것도 싫었다. 여자들이 사용하지 않은 립스틱이 많은 것처럼 그저 자기만족을 위해 소장하는 것과 비슷하다. 다분히 개인적인 즐거움을 위한 것이다.

나는 벽에 걸린 포스터를 바라보았다. 시간이 지나 색이 점점 바래고 있었다. 내가 일을 시작한 지는 벌써 5년이 다 되었다. 내 형은 이제 가정이 있고, 여동생은 늘 많은 남자에게 둘러싸여 자신의 삶을 즐기고 있다. 내 친구들도 모두 연애 중이거나, 결혼하거나, 아이를 낳아 길렀다. 그런데 나만 몇 년 전과 다를 바 없이 여전히 여기에 머물러 있고 일과 만화에만 집중하고 있다. 그러니 엄마의 걱정도 이해가 안 되는 건 아니다.

나는 어떻게 사람을 만나야 할까.

정말 소개팅이 필요한 걸까?

이런저런 생각에 빠져든 채 누워 있다가 그대로 잠이 들었다. 그리고 벨 소리에 잠에서 깨어났다. 휴대폰 화면에 뜬 마이의 이름을 보고 벌떡 일어나 앉았다.

빌어먹을 심장아, 나대지 마!

부사수가 사수에게 전화한 것뿐이라고. 근데 그렇게 빨리 뛰어야 해?

나는 전화를 받기 전에 먼저 깊이 심호흡했다.

"무슨 일이야, 마이?"

"아, 자고 있었어요?"

방금 일어나서 갈라진 목소리가 너무 티가 났나 보다.

나는 '당연히 그랬고 네 전화에 깼다' 하고 대답하고 싶었지만, 마이를 불편하게 하고 싶지는 않았다.

"아니, 그냥 말을 안 하고 있어서 목이 잠겼나 봐. 왜 전화했어?"

우린 함께 있지 않을 때면 대부분 문자를 보내곤 했는데, 이번에는 직접 전화를 걸었다. 이렇게 전화까지 한 이유가 너무 궁금했다.

"오늘 선배 페이스북을 봤는데…."

그의 말에 눈썹이 찌푸려졌다.

내 페이스북?

"응?"

"사원에 다녀오셨어요?"

"아, 맞아. 여동생이랑. 오늘 아침에 젠이 강제로 사진을 올리게 했거든. 왜?"

"아, 아무것도 아니에요."

그의 대답에 나는 눈을 가늘게 떴다. 내가 평소에 페이스북을 사용하지 않는데 게시물이 올라와서 단순히 궁금했을 수도 있고, 아니면 내 귀여운 여동생이 누구인지 알고 싶었을 수도 있다.

"내 동생이 마음에 든다고 하지는 마라."

미리 엄포를 놓듯이 말했다. 이럴 때는 오빠라는 자아가 내 정신을 지배했다.

"하하! 아뇨, 아뇨. 절대 아니에요. 제 마음에는 오직 한 사람뿐이에요."

그는 큰 소리로 웃었고, 어쩐지 웃음소리만큼이나 내 기분도 좋아졌다. 젠에게 관심이 있다고 했다면 그를 혼내줬을 것이다.

넌 내 친구를 좋아하잖아! 사진 한 장으로 마음이 바뀔 순 없어!

"음… 오늘 밤엔 뭐 해요?"

"응? 왜?"

"그냥 선배랑 저녁 먹고 싶어서요. 같이 갈래요?"

목소리만 들어도 그의 반짝이는 미소가 눈에 선하게 보이는 것 같았다. 이미 충분히 시끄러웠던 심장박동이 이제는 더 요란해졌다.

그냥 저녁이야. 우린 벌써 저녁을 백 번은 먹었다고.

근데 왜 흥분하는데?

"글쎄, 딱히 일은 없는데, 지금은 콘도에 없어. 논타부리에 있는 부모님 집에 와 있어."

나는 떨리는 목소리를 진정시키려고 노력하면서 겨우 말했다.

통화 너머에 있는 사람이 조용해졌다.

"아, 알겠어요. 아쉽네요."

그의 목소리가 너무 슬프게 들렸다. 귀와 꼬리가 축 처진 커다란 댕댕이가 눈앞에 그려졌다. 그리고 이런 상상을 하면, 아무 생각 없이 쏟아져 나와버린다.

"심심해? 내일은 어때? 점심시간쯤에 다시 돌아갈게. 같이 저녁 먹자."

"네, 좋아요. 그럼 5시쯤에 데리러 갈게요. 괜찮아요?"

"그래, 알겠어."

"그럼, 내일 봐요."

"응, 내일 봐."

나는 통화를 마치고 잠시 휴대폰을 멍하니 보다가 다시 누웠다.

음… 아마 갑자기 멀어지면 무례해 보일 것이다. 아직 한 달 반이나 더 가르쳐야 하니까 평범하게 지내는 것이 좋다. 어쨌든 그의 인턴십이 끝나면 다시 만날 일은 없을 테니까. 그냥 평소처럼 행동하고, 평소처럼 말하고, 평소처럼 같이 가면 된다.

이제는 뚜렷하게 자각을 했으니, 내가 내 마음을 얼마나 잘 다독일 수 있느냐의 문제일 뿐이다.

* * *

다음 날 부모님, 여동생과 함께 점심을 먹고 콘도로 돌아왔다.

집에 도착해 입은 옷을 세탁기에 넣고, 빨래가 다 되기를 기다리며 방 청소를 했다. 청소를 하다 시계를 보니 어느새 오후 3시 30분이었다. 그래서 집안일을 멈춰두고 샤워를 했다. 그리고 마이의 전화를 기다리며 옷을 갈아입기로 했다.

나는 옷장 앞에 서서 걸려 있는 셔츠들을 하나하나 골라보았다.

도대체 뭘 입어야 하지?

흰색 티셔츠? 아니면 그냥 아무 셔츠?

어른스러워 보이는 어두운 색? 아니면 어려 보이는 부드러운 파스텔색?

아니, 잠깐만.

도대체 내가 왜 이런 생각을 하고 있어?

진정해, 제이드. 저녁 먹으러 나가면서 왜 셔츠를 고르는데 그렇게 진지한 거야?

데이트나 그런 거 아니라고!

편한 걸로 아무거나 그냥 입자.

나는 오버핏 검은색 셔츠와 청바지를 골랐다. 단정하게 보이려고 머리도 빗었다. 그리고 시간이 될 때까지 기다리는 동안 텔레비전을 보면서 수시로 시계를 확인했다. 마침내 시침이 5, 분침이 12를 가리키자마자⋯ 전화벨이 울렸다.

그는 정확히 제시간에 왔다.

"여보세요."

"준비 다 됐어요?"

"응, 너 어디야?"

"건물 로비에서 기다리고 있어요."

"알겠어, 잠시만 기다려. 금방 갈게."

통화를 마치고 TV를 끈 뒤 지갑과 열쇠를 꺼내 청바지 주머니에 집어넣었다. 그리고 문을 잠그고 로비로 내려갔다.

마이도 나처럼 검은색 셔츠와 청바지를 입고 있었다. 그는 나를 보자마자 곧장 성큼성큼 걸어 다가왔다.

"우연이네요. 우리 옷, 거의 똑같아요."

평소에도 그는 충분히 멋져 보였는데, 지금은 훨씬 더 멋있었다.

"아, 그러네. 이런 우연이 다 있네, 하하."

나는 이 엄청난 우연의 일치에 감탄했다는 듯 그를 향해 마른 미소를 지어 보였다.

셔츠 많이 있었는데…. 오늘 하필 검은 옷을 입게 된 이유는 뭘까.

꼭 커플룩 같잖아! 사람들이 오해할지도 몰라!

머릿속으로 오만 생각을 다 하고 있는데 마이는 뭐가 좋은지 그저 웃기만 했다. 그는 우리가 이렇게 비슷한 옷을 입고 있다는 게 그다지 신경 쓰이지 않는 모양이었다.

"가요."

나는 그를 따라 차에 올라탔다. 그리고 근처 쇼핑몰로 이동했다.

일요일 늦은 오후의 쇼핑몰은 평소보다 두 배쯤 더 붐볐다. 어디를 가든 사람들이 빼곡하게 모여 있었고, 그것은 마이를 보는 사람들이 평소보다 더 많다는 의미이기도 했다.

나는 저녁 식사 장소를 찾고 있는 잘생긴 내 부사수를 바라보았다. 그는 얼마나 많은 사람들이 자신을 연예인 보듯 쳐다보고 있는지 모르는 것 같았다. 사람들에게 나는 그저 그를 식당으로 안내하는 매니저처럼 보일 게 분명했다.

"뭐 먹고 싶어요?"

"너 맨날 내가 먹고 싶다는 거 먹었잖아. 이번엔 네가 먹고 싶은 거 먹어."

우리가 함께 식사를 하게 된 지 두 달 반이나 됐는데, 그는 나와 밥을 먹을 때마다 항상 나에게 식당을 고르는 우선권을 주었다.

"아뇨, 선배가 먹고 싶은 거 먹게 해주고 싶어요."

그는 이번에도 나를 감동시키고는 빙긋 미소 지었다.

"좋아, 나 너한테 기회 줬다? 마음에 안 들어도 난 몰라."

"선배가 좋아하는 거면 저도 좋아요."

너 진짜….

"좋아, 그럼 MK로 가자."

나는 일부러 시선을 피한 채 그를 근처 식당으로 이끌었다. 내 몹쓸 심장이 또다시 쿵쾅거렸다.

그가 말하는 방식에는 문제가 있다. 상대방이 이상한 생각을 하게 만든다는 것이다. 그가 나에게 아무런 감정도 없다는 걸 알면서도, 그의 말에 내 심장은 또 이렇게 반응해버리고 만다.

그는… 이런 식으로 말해서는 안 된다.

:

"본가에 다녀오셨다고 했죠?"

우리는 음식을 기다리며 사소한 얘기를 나누었다.

"응, 특별한 일 없으면 주말마다 가. 넌?"

"부모님이 방콕에 계실 땐 매주 가곤 했어요. 그런데 아버지가 은퇴하시고 칸차나부리로 이사 가시고, 대학 일도 너무 바빠서 요즘은 한 달에 한 번 정도 가요."

"그렇구나. 대학교 3, 4학년은 최악이긴 하지. 3학년을 사망년이라고 하잖아."

나는 내 대학 생활을 떠올리며 말했다. 처음 2년 동안은 좀 할 만했는데, 3학년이 되니 해야 할 게 너무 많아졌다. 잠도 거의 못 잤다. 교수님들은 마치 우리의 손이 열 개라도 된다고 믿는 것 같았다.

"인턴십 보고서는 쓰고 있어? 잘돼가?"

"반 이상 썼어요. 회사에 오고 바로 시작했거든요. 밤새워서 해야 하는 건 아니에요."

마이가 냄비에 고기와 야채를 넣으면서 말했다.

"좋네! 나처럼 데드라인에 쫓겨서 겨우 하는 건 끔찍한 일이니까 미리미리 해."

나는 내가 인턴십 하던 때를 떠올리며 피식 웃었다. 당시에 나는 왜 그렇게 부주의하고 안일했는지 모르겠다. 그때는 보고서쯤 마음만 먹으면 후다닥 끝낼 수 있다고 생각했던 기억이 난다. 그런데 교수님이 갑자기 진행 상황을 보고하라고 하셔서 이미 보고서를 마친 으아를 내 하룻밤의 기적 임무에 강제로 투입시켜야만 했다. 으아는 불평하긴 했지만 본성이 정이 많고 착해서 나를 끝까지 도와주었다. 만약 킹이었다면 아무것도 돕지 않았을 것이다. 오히려 그 자식 역시 아무것도 쓰지 않은 상태였을 것이다.

"체육대회는 즐거웠어?"

"네, 선배들이랑 얘기 많이 했어요. 으아 선배가 많이 챙겨주셨고요."

그가 행복하게 웃었다. 나는 미소를 지으며 그에게 다시 물었다.

"으아 정말 대단하지?"

"네, 무심하실 줄 알았는데 많이 챙겨주셨어요. 우리는… 어… 별 얘기를 다 나눴어요. 정말 좋았어요."

나를 마주 보는 그의 눈망울이 한층 밝아진 것 같았다. 내 입술은 계속 웃고 있지만 마음속은 공허했다. 그래도 나는 내 계획이 성공했다는 것에 만족스러워하며 고개를 끄덕여주었다.

좋아, 두 사람이 많은 이야기를 나눴어.

훌륭해. 진작 이랬어야 했는데.

냄비에 담긴 음식이 조리되어 먹을 준비가 되자 대화를 잠깐 멈췄다. 나는 배가 고파서 서둘러 음식을 먹기 시작했고,

마이는 저녁 식사 내내 내 접시에 야채와 고기를 계속 올려주었다.

"많이 드세요, 선배."

그가 나에게 피시볼을 더 주며 말했다.

"나한테 더 먹으라고 말한 사람은 너뿐이야. 심지어 우리 엄마도 좀 덜 먹으라고 했거든. 달덩이 같은 얼굴이 될 거라고."

나는 조금 절망스러운 기분으로 말했다.

얼마 전 킹도 내 얼굴을 달덩이라고 했다. 그런 말을 계속 들으니 조금 불안해졌다.

"선배 볼살만 통통한 타입이어서 그래요. 몸은 아직 말랐는걸요. 더 먹어도 돼요."

마이는 오히려 이렇게 말하면서 내 접시에 오리구이를 올려주었다.

"넌 정말 다정하고 세심해. 알아?"

나는 그가 내 접시에 계속 음식을 덜어주는 걸 물끄러미 보며 말했다.

그가 쑥스러워하는 미소를 지으며 나를 바라봤다.

"제가 그래요?"

"응, 이런 거 너무 위험해. 사람들이 착각할 수도 있어. 네가 의도치 않게 누군가의 마음을 아프게 할 수 있다는 거야."

나는 조금 말을 돌려서 경고했다.

그의 넘치는 배려에 내가 그만 미끄러져 넘어졌으니 경고해야 한다. 그러지 않으면 정말로 상황이 엉망이 될지 모른다.

사실, 마이보다도 나 자신을 위해 경고했다. 계속 이런 식이라면, 이미 상한 마음이 더 형편없이 망가지고 말 것이다.

"다른 사람들에게는 그저 예의를 차리는 정도예요."

그는 나를 보며 웃고는 말을 이었다.

"하지만 제가 누군가를 특별하게 살피는 건, 저에게 그 사람이 특별하다는 뜻이에요."

나는 깜짝 놀랐다. 거의 기절할 뻔했다. 갑자기 얼굴에 열이 올랐다. 심장 소리가 너무 커서 귀에도 들렸다. 그러다 문득 떠오른 생각에 순식간에 찬물을 뒤집어쓴 듯 진정됐다.

나는 그가 좋아하는 사람의 가장 친한 친구이자, 그의 인턴십 과정을 최종적으로 평가하는 사람이기도 하다. 나는 그 말의 의미가 순전히 일에 관한 것이라고 생각했다.

그에게 내가 어느 수준의 '특별함'인지도 모르겠다. 어쩌면 그냥 평균 수준일 수도 있다.

그렇다면… 나는 그에게 그냥 예를 지키는 정도인 사람 중 하나일까?

"피시볼 더 드릴까요?"

"아, 응. 고마워."

나는 혼돈 속을 힘겹게 기어서 빠져나왔다. 내가 먹는 것에만 다시 집중하려고 애쓰는 동안 마이는 직원에게 추가 주문을 했다.

뭘 생각하고 있는 거야, 제이드?

여기 눈앞에 음식이 있는데, 그냥 먹기나 해. 자꾸 생각하지 마.

마이는 직원에게 내 잔을 가득 채워달라고 정중하게 말했다. 나는 그 세심한 모습을 보자 또다시 내가 사랑하는 피시볼에 집중하기가 어려웠다.

이 아이에게는 예의를 지키는 평균 수준이란 게 이토록 높은가 보다. 만약 으아와 마이가 사귀게 된다면, 으아에게 주의를 주라고 말해야 할지도 모르겠다. 그러지 않으면 언젠가 이것 때문에 분명 문제가 생길 수 있다.

그를 마주 보면서 그가 나에게 감정이 없다는 게 다행일지도 모른다는 생각을 했다. 이렇게 좋은 남자를 남자친구로 둔다면….

정말이지 사귀는 내내 두통에 시달릴지도 모른다.

(2권에서 계속)

미들맨즈 러브 1

1쇄 발행 2024년 1월 31일

지은이 littlebbear96
옮긴이 오롯
펴낸이 배선아
디자인 강민영
펴낸곳 TaiBL(테이블)

출판등록 2017년 3월 13일 제2022-000078호
주소 서울특별시 마포구 성지1길 35, 4층
대표전화 02-6269-8166 **팩스** 02-6166-9199
이메일 taibl.novel@gmail.com
트위터 https://twitter.com/TaiBL_novel

ⓒ littlebbear96, 2024
ISBN 979-11-6316-514-9 04830
     979-11-6316-516-3 (세트)

일러스트 Shimotsuki04